ナイショのシンメトリ

佐々木禎子

Illustration
小椋ムク

B-PRINCE文庫

※本作品の内容はすべてフィクションです。
実在の人物・団体・事件などには一切関係ありません。

CONTENTS

ナイショのシンメトリ

1

小鳥遊航《たかなしこう》は片思いのベテランだ。

恋が実ったことなんて一度もない。いつも一方的に憧《あこが》れて、好きになって、見つめ続けて——ときどきは友人としてのポジションを確保し、そして告白もしないまま玉砕する。

六歳の初恋からスタートし二十歳を越えてもなお「片思い歴」を更新し続けているのだ。そろそろベテランを名乗ってもいいだろうと思っている。別に名乗りたくなんてないけれど。


好きな人がいた。

その相手は同性だった。つまり航はゲイなのだ。

大学のミステリ小説研究会の先輩で、航がいいなと思ったときにはすでにその人には彼女がいた。どうしようもない。航が先輩を好きになったのは「彼女を見つめる先輩の、愛情が自然と滲《にじ》みでる表情」だった。春の日だまりみたいなまなざしがいいなと思い、惹《ひ》かれた。その時点であらかじめ恋が成就しないことはわかっていた。

告白なんて想像もしない。

いや、嘘《うそ》だ。告白の想像くらいはする。でもあまりにも片思いをこじらせすぎていて「つきあってください」と言って「いいよ」と言われるところまで妄想したら、そこで想像上の光景すら停止してしまう。先のビジョンが見えない。その代わり「嫌だよ。おまえ男だろ」と即座に拒絶されるパターンでの想像のバリエーションなら百以上は一気に浮かぶ。

だから告白はしない。自分の気持ちを伝えてしまえば壊れる関係だとわかっていて、さらに一歩を踏みだす勇気なんてない。

だって航が好きになる相手はみんな女性が好きだ。

もしかして異性を好きになれたなら、航の片思い歴に終止符を打つことができるのかもしれない。

でも好きになれないから、仕方ない。

たとえばゲイが集まるという場所にいけばいいのかもしれない。

とはいえそれは自分にはまだ早い気がした。早いも遅いもないのだろうが。手を引いてくれる誰かがいるならついてはいくが、たったひとりでそういう店を探しだし、ドアを開けて入るのはいまの航にはハードルが高い。航は気弱なガゼルなみに臆病《おくびょう》なのだ。片思いの相手と両思いになる想像はできないのに、はじめての店のドアを開けた途端、カウンターやテーブル席やらに座った人たちが一斉に航を見つめ、品定めする目つきはすぐに頭に浮かぶ。さらに「三十点くらいかな。パス」と視線を逸《そ》らされ、ぽつんと自分がひとりきりになるところまでくっきりと思い描ける。

自分みたいなひ弱な体軀《たいく》の、ド近眼の分厚いレンズの眼鏡男が容貌《ようぼう》で他人を惹きつけられるわけがない。自分のルックスはゲイが好きになるタイプじゃない。モテるのはもっとこうマッチョで……髭《ひげ》があったりして……。鍛えてみてもなかなか筋肉のつかない体質に嘆息したり悩んだりで……。

マイナス思考、まったなし。

——マッチョになりたいわけじゃないし、ただ好きな人に好かれたいっていうだけなんだけど。

世の中の恋人たちはどうやって互いを見つけたんだろう。好きな人に好きになってもらえるなんて奇跡的なことじゃないか?

双子の弟である小鳥遊翔《かける》は航とは正反対にプラス思考で陽気で人あしらいが巧みで、視力もいいし男女問わず友人も多いのに——なんで航はこうなのか。だいいち、弟の翔は女の子が好きだ。双子でも好みも性格も違うのだ。

冬だった。

航は、仲間同士の飲み会で酔いつぶれた友人を介抱してアパートまで送り、そのあと、ふと歩きたくなって自宅まで歩きだした。タクシーを拾う程度の金はある。それでも歩こうと思ったのは、先輩と彼女の仲睦《むつ》まじさを目の当たりにしたせいだ。とっくに諦《あきら》めはついていても、好きだった人の「手の届かなさ」をリアルに実感する度に、かすかに心が軋《きし》む。つらいとか痛いとかじゃなく、寂しい。

ふわふわとした猫っ毛の茶色の髪。レンズの厚みと重さに耐えられるフレームじゃないと難しいから、ちょっとダサめの黒縁眼鏡をかけている。レンズの奥にあるのは、目尻《めじり》が上がり気味の二重の目。なんにでも素直なことが長所だが欠点でもあって、航の思いはいつも顔に出る。

いまは——しょんぼりした顔になっている。

このまま家に帰りつくのは嫌だと感じるくらいに、切ない。幸せな酔っぱらいが意味なく歩きまわりたくなるのと同じように、不幸せな酔っぱらいも歩きたくなることがある。それだ。

——ずっとこうやってひとりで生きてくしかないのかな。

思いついた言葉が心のなかをからころと回っている。空っぽの引き出しに入れたビー玉みたいに、気持ちの引き出しを出し入れする度にその言葉が光り、転がる。

線路沿いの道を歩いた。終電もいってしまった線路はからんとして静かだ。濃い灰色の路面に自分ひとりの影が長くのびている。

冷えが足もとから這《は》い上り、航はぶるっと身体《からだ》を震わせる。手袋は持っていない。冷たくなった手をモッズコートのポケットに差し入れた。いつ入れたのか思いだせないポケットティッシュのビニールが指先に触れる。

遠くのほうで、パトカーが違反をした車に指示を呼びかけている。「止まりなさい」とかなんとか。

朝までには家に帰りつくことができるだろうか。

まだ余生を思うには早すぎる。二十歳を越えたばかりの航の目の前には、今後の人生の可能性とやらがうずたかく積み上がっている。考えると吐きそうになるくらい膨大な時間が、サハラ砂漠の砂みたいに広がっていた。

吐く息が闇《やみ》のなかにぽおっと白く溶ける。街灯の明かりに照らされた吐息を見ていたら、なんだか泣きそうになった。自分はずっとこのまま孤独なのかな。どこまでもひとりなのかな。もちろん親も弟もいるから、真の意味の孤独ではないとしても。

歩いたことのない道だった。それでも線路の横に沿っていけば、間違うことはなかろうと思っていたのに——小さな踏切を渡らずにまっすぐに歩いていくと、ふいに道が途切れた。

あれっと思ったときにはもう道に迷っていた。

家や塀が航の行く手にどーんと建ち並び、遮る。線路はもうどこにも見えない。知らない住宅街は目印にするべきものがなにもなく、くるくると歩いているうちに方向感覚を失った。どこをどう見渡しても似たような家と細い路地があるだけだ。

それでも止まらずに歩いたのは、寒かったからだ。

やみくもにうろついていたら小さな公園に辿《たど》りついた。

視界がストンと開ける。

夜に見る公園は、水墨画のように、白と黒とその狭間《はざま》にある灰色の濃淡だけが支配していた。ひょろりと細長い樹《き》がカサコソと風に枝を揺らしている。寄り添うように設置されたベンチを、街灯が淡く映しだす。ジャングルジムや鉄棒、ブランコの鎖が鈍く光る。

そのただなかに、男がひとり佇《たたず》んでいた。

モノクロの世界に、男が首に巻いたマフラーのモスグリーンがぽっと色を灯《とも》している。

航は呆然《ぼうぜん》として立ち止まってしまった。唐突に現れたかのような公園と、そこにいる男の姿が航から声を奪った。

孤独を感じて歩いていたせいか——無人の世界に、男と自分だけがいるかのような変な錯覚を覚えた。

そんなはずはないのに。

空を見上げた男の横顔に航の視線は自然と惹きつけられる。きりっと上がった眉《まゆ》。対して、目元は少し垂れていて、どこか甘い。うっすらと開いた唇から覗《のぞ》く白い歯。

男が空を見上げ、両手をかざした。

そのまま――男はするすると空へと上っていってしまいそうに見えた。背筋ののびた綺麗《きれい》な立ち姿のせいもある。

そして――男はくるりと回った。

空中をかき混ぜるようにして男の手が動いた。螺旋《らせん》を描いて揺れる手。長い足もまた、なにかのステップを刻むようにゆったりと回る。踊っているのかもしれないと思ったのは、彼が三度ほど回転してからだった。

別に素晴らしいダンスではない。本当にただ彼は「回った」だけなのだ。空を見上げて、両手をかざして、笑って、そしてはしゃぐ子どもみたいにくるくると回った。

それだけなのに、航の心に彼の動きが鮮烈なイメージで刻みつけられる。

声もなく見つめていたら眼鏡のレンズが曇った。慌てて眼鏡をはずし、指先で拭《ぬぐ》ってからまたかけ直す。その動きのあいだに、男が航の存在に気づいた。

視線が合う。

男の口元に笑みが浮かぶ。照れ笑いではなく堂々とした紳士然とした笑みだ。考えてみればおかしなシチュエーションだ。が、男は恥ずかしがるでもなく、航を見つめ、飛び立つ前の鳥みたいに胸をそらし両手をさっと開いた。それから片足を引いて、右手を前にまわし、とても優雅に一礼をする。

舞台の上の演じ手やダンサーが、観客たちにするお辞儀みたいに。

それからひとさし指を立て、頭上を示す。ここまで一切、言葉はない。

「え……。なに？」

航はそうつぶやいて、夜空を見上げる。猫背で丸まっていた背筋が自然とのびる。のけぞって、儚《はかな》く白い月を見る。月の欠片《かけら》みたいな白いものがちらちらと落ちてきている。

「雪？」

両手の手のひらを空に向かい広げる。手の上にふわりと纏《まと》いついた雪が、するりと溶けて消えた。

思わず男を見た。男はクリスマスの朝にプレゼントに駆け寄った子どもを見守る両親みたいな笑みを浮かべ、うなずいた。まるで雪を降らせたのが自分の手柄であるかのように誇らしげで、かつ幸福そうだ。

男の唇が動いた。小声だったから、なにを言ったか、航の耳には届かない。

「え？　あの」

航の声も、もしかしたら男には聞こえていないのかもしれない。すぐにまたレンズが曇り、視界が白くなる。もっとも見えたとしても航は読唇術なんて知らないし、男がなにを言ったのかわかるわけもない。

それから男はさっと身を翻し、去っていった。斜めに歩いていくのは——やっぱり酔っぱらいなのかもしれない。千鳥足とまではいかないけれど。

昨日と今日の隙間《すきま》に忍び込んだかのような、妙なひとときだった。二十四時間からはずれた二十五時の存在を感じた。子どもだったら「魔法をかけられた」と言うだろう。分別《ふんべつ》の育った大人の航は「酔っぱらいマジック」と判断する。

それでもその瞬間、公園はステージになった。彼は演じ手。航は観客。去っていく彼を見送るには拍手をしたらよかったのかと——そんなことを思いついたのは男の背中が遠ざかり、闇にかき消えたあとのこと。

「なに……あれ……」

零《こぼ》れた言葉と一緒に笑いがこみ上げてくる。変な奴《やつ》。

彼がいなくなったと同時に航の胸にもやもやと湧《わ》いていた孤独感と焦燥は尖《とが》った形を失っていた。

自然とこみ上げてくる笑いが「寂しさ」を溶かした。

笑うって、大切。

妙な形で記憶に残った男の姿を、航は、その半年後に映画のスクリーンのなかに見つける。

百九十センチ近い長身で、紳士然とした整ったルックスにだだっ子みたいな甘さとやんちゃさを具《そな》えた彼の名は、藤堂櫂《とうどうかい》という。俳優だ。朝の子ども向けの戦隊物のヒーローのひとりに抜擢《ばってき》され、それからマニアックなタイプの売れっ子になった。癖のある邦画にいくつか出ている。赤丸急上昇中。

航と同じ年齢の大学生で——しかも彼は弟の翔と同じ国立理系大学に通っているのだと知ったのはさらにもっとあとのこと——。

※

そしてさらに一年が過ぎた。

もうじき夏季休暇が終わる九月はじめ——。

小鳥遊航は、双子の弟、翔の膨れた顔をおろおろと眺めている。

翔の茶色みの強い切れ長の目は潤み、力がない。常ならばシャープなラインを保っている頰《ほお》が、びっくりするくらい腫《は》れている。朝起きてきて、いきなり下ぶくれに変換された翔の顔を見た途端、航は慌てて、翔をベッドへと押し込んだ。

「僕のせいだ……。僕がおたふく風邪になんてなったから、翔にもうつっちゃったんだよね。大丈夫？」

「兄ひゃんのふぇーじゃないよ」

「でも僕がうつした」

「そうらけど……。でもそれを言うなら、俺《おれ》たちに予防接種してくんなかった、かーちゃんとーちゃんが悪い……んだって……」

ところどころ呂律《ろれつ》が回っていないのは、高熱のせいだろう。それと扁桃腺《へんとうせん》が腫れていて声が出しづらいから。

枕に頭を乗せた翔の額に熱を冷ますためのシートをペタリと貼《は》る。ゆるいウェーブのついた髪の毛が指先にふわりとからみつく。翔が、撫《な》でられた猫みたいに目を細める。

「それに……兄ひゃんからうつったなら……まあいいかなって……。得体の知れないもんじゃないウィルスらろうし……」

「なに言ってんの、翔？」

「出所のはっきりしてるウィルスらから……おたふくのことも、兄ひゃん経由なら、許すし。我慢れきる……。おたふくのことらって、兄ひゃんからもらったものなら、愛せる気が……する……」

「馬鹿」

翔はときどき信じられないくらいブラコンになる。上目遣いで可愛《かわい》いことを言う翔に、航は困惑のため息を零した。

翔の脇に挟んだ体温計がピピピと鳴った。取りだして見る。

「三十八度ジャスト。うわ。お医者さん往診してくれるか掛け合ってみるよ。僕がいったときも、おたふくだってわかったあとは伝染病だからって待合室じゃなく別室に通されて待たされたんだ。ちょっとくらいお金かけてもお医者さんが来てくれるなら、そっちのほうがいいよね」

「んー……」

だるそうに応じる翔のまぶたがしょぼついている。

航はタオルケットの端を翔の口元まで引き上げて覆い、ぽんぽんと優しくその前髪を指先で撫でた。

「ん。れも……兄ひゃんが先にかかったから、うつるかもなってこないだ予防接種してもらったし。兄ひゃんみたいにはならないと思うよ。熱も八度ぐらいれひょ？　兄ひゃんときは四十度こえてたし、兄ひゃんの様子見てたからあらかじめ予想もできてるし。余裕余裕～」

翔がかすれた声で言い、無理して笑う。

余裕なわけがあるかと思う。

しかし翔は、発熱してても兄の航の気持ちを気遣うという、とにかくできた弟だった。

「寝てれば治るって……。ただ……明日から学校……ろうしよう……。出席日数足りてない講義が……。おたふく風邪になりましたって電話したら、考慮してもらえるかなあ……」

「そうだよね。明日から学校はじまるんだよね。本当に本当にごめん」

翔は去年から、近所のレンタルビデオ店のバイトをはじめていた。バイト先が人手不足すぎて、気の良い翔は、今年に入ってからは大学を休んでバイトに向かうことが多かった。

航は双子の弟と一緒に大学入学にあわせて上京し、ふたりで部屋を借りて暮らしている。通う大学は別々だが、どちらも東京都内だ。生活費は親からの仕送りでまかなえるが、交遊費や小遣いはバイトでまかなうしかない。

収入が増えたけれどこのままでは学業のほうがまずいかもと、そんな話を先日聞いたばかりだ。留年するわけにはいかないし、夏休み明けからは学校優先にしてバイトのシフトを減らさなくちゃと、憂鬱《ゆううつ》そうな顔で言っていた。

「もう……なんで兄ひゃんが謝るんらよ」

「うつしたからだよ～」

「いいんらよ、それは。兄ひゃんのおたふく風邪……あったかい……なんか……ホッとする……」

うわごとみたいになっている。

「あったかくないよ～。おたふく風邪をいいものみたいな言い方するなよ～。熱だよそれ～」

翔の膨れ上がった扁桃腺を冷やすために、航はさらに熱冷ましのシートを取りに台所に向かった。

ことの起こりは二週間前に遡《さかのぼ》る。どういうわけか二十一歳を越えたいま頃になって、航はおたふく風邪に罹患《りかん》したのだ。最初は普通の風邪だと思った。喉《のど》と頭が痛いし、熱も出た。病院にいったら「風邪でしょうね」と抗生剤入りの薬を処方してくれた。

が——その後、突然、航の顔の下半分が風船みたいに膨れ上がった。呆気《あっけ》にとられ、熱のあまりぶるぶる震える身体に鞭《むち》打って再び病院に向かうと、医者は「あ」と一声発してから「おたふく風邪、やってないの？」と聞いてきた。

やっていたのかどうかも、知らなかった。自分がどの病気にかかっていて、どの病気は未経験かなんて、みんなは記憶にあるのだろうか？

おたふく風邪だろうと診断され、航は九州の母に電話をかけた。声を出すのが精一杯で、がらがらでよたよたな航の「僕たちって、おたふく風邪やってなかったの？」という問いに、母は軽い声で「ああ、そういえばあんたたちはおたふくやってなかった。予防接種もしそびれてたわ」と明るく笑った。

そこで「おたふく風邪」確定となる。

高熱でうんうん唸《うな》って寝込んだ航を、翔が必死に看病してくれた。うつるからやらなくていいと断ったのに、航の寝汗を拭《ふ》いてくれたり、水枕を取り替えたりと甲斐甲斐《かいがい》しく世話を焼いた。おかげで航は元気になったのだ。

そして――いまに至る。

水枕や熱冷ましのシートやらと、薄めたスポーツドリンクとを持って戻った航は、翔に向かいきっぱりと告げる。

「明日、代わりに僕が翔の講義受けてくる。ノートもできる範囲で取ってくるよ」

「うー？」

とろんとした目で翔が聞き返す。

おたふく風邪は伝染病なので、腫れが引くまでは他者と触れ合うのは禁止だ。特別な治療薬はなく、自宅で安静にしているのが一番の薬でもある。

だいたい一週間から二週間が休養期間。一度経験したことなのでわかっている。そのつらさも、わかっている。翔はいま全身あちこち痛いはずだ。かわいそうに……。

「僕はもう治って、出歩いてもいいよってお医者さんに太鼓判押されたし。それに僕のほうは大学の単位足りてるから一週間くらいならどうにかなる」

水枕をセットしながら航が言うと、翔が聞き返した。

「ろーにかって……？」

顔だけは似ている双子である。兄の航が近眼でぐるぐる渦巻きの見える厚いレンズの黒縁眼鏡をかけているため、パッと見は互いの造作《ぞうさく》がそっくりだと周囲は気づかないことも多いらしいが。

航はその眼鏡を指先で持ち上げ、考えながら言う。

「眼鏡はずしてコンタクト入れたら、ごまかせると思う。風邪ひいたって言ってマスクでもして……。文系の僕に理系の翔の講義が理解できるかわかんないけど、できるだけちゃんとノート取ってくる。英語とか独文とかのほうは僕でも大丈夫だと思う」

通う大学も学部も違う。互いの交遊関係は一致しない。先生たちは翔に、航という双子の兄が存在することなんて思いつきもしないだろう。

だから航がなりすまして代理で翔の単位をもらう。

それくらいしか自分が弟にできることはなさそうだった。

「れも、兄ひゃんのほうが可愛いからすぐにばれる」

「んなわけないって。基本は同じ顔だよ。動いたり話したりすると僕の鈍くさいところが目立って、ばれそうだけど……」

「兄ひゃんには、ほくろが……」

眼鏡と、そして右の目元にポツンと泣きぼくろがあるのが航。

航が眼鏡をかけだす前は、親戚《しんせき》たちはほくろの有無で航と翔の顔を見分けていた。

「ほくろもなんとかして消すから。誰とも話さないでいたらきっとどうにか……」

「俺が誰とも話さないなんておかしいよ……。口から先に生まれたんらよ、俺。あと……そういえば、俺、クラスの子にDVD借りてて夏休み明けたらすぐに返すって言ってた……。兄ひゃんが見たいって言ってたやつ。『劇団　クマ狩り族』の昔のやつ……。返すのに、そいつと話さなきゃ」

「え……そうか」

『劇団　クマ狩り族』は、知る人ぞ知るというマニアックな小劇団である。結成七年目というのは小劇団のなかでは長いほうだ。百席前後の劇場を三日間くらい貸し切りで、三ヶ月から四ヶ月に一度の割合でステージをこなす。物騒な名前だが、演じる内容は意外とハートフルだ。ときおりクスッと乾いた笑いが生まれるシニカルかつブラックな台詞《せりふ》回しと脱力系な脚本と、個性と実力のある俳優が売りである。

航がたまたま気に入って、過去作を見たいと口にしたら——その数日後に翔が「友だちに借りた」とそのDVDを持ってきた。

翔は、航からすると驚くような謎《なぞ》の人脈を持っている。

「でもDVD返す程度だったら、僕と翔が別人だってことばれないと思う。ありがとう、おもしろかったって言えばいいだけだから……。ただ返却するにしても僕は翔の友だち知らないから、顔見てそいつのことわかるかが不安かな……」

翔が「うー」と、くぐもった声で唸った。ためらってから不承不承という感じでつぶやく。

「兄ひゃん、すぐわかるよ。それ貸してくれらの……藤堂櫂だから」

「え……藤堂って、俳優の？」

トクンと胸が鳴った。

航は藤堂のファンだ。口にも出して「この俳優が好き」とせっせと脇役で出ているテレビドラマを録《と》りためて見ていた。

そんな航に対して翔は「目を惹くけど、特別かっこいいわけじゃないよね」とか「芝居はまだまだだよね」とか、航の横でいつも茶々を入れていた。

藤堂がスクリーンデビューを果たす前に、その姿を航が見かけたことを——翔は知らない。いつもならおもしろいことがあったら翔に絶対に報告するのに「公園でくるくる回ってた変な男」については言わなかった。見とれてしまったとか、笑顔にくらっときたとか、その男が本当に雪を降らせたみたいに見えたんだよとか……そういう説明になってしまうので自粛したのだ。

その後、単館上映されていた邦画のスクリーンのなかに藤堂の顔を見つけたとき、航は「うわ」と思わず声をあげてしまった。周囲に人がいなかったけれど、発した声に慌てて、口を覆ってまわりを見渡した。

見間違いかと眼鏡をかけ直してあらためてスクリーンを見て思ったのは——あの変な奴が映画に出ているよ、ということ。

そして、まあそうだよなと納得した。あんなに変で、そのうえかっこいい奴だったから、そりゃあ映画くらいは出るだろう。ザ・芸能人。航とは違う世界の住人だったのだ。なるほど。だからひと目で魅了されたってわけか。

帰りにパンフレットを買い込み、名前を確認し——ネットで検索した。

そうこうしているうちに、藤堂はあっというまに「知る人ぞ知る俳優」になっていった。気になって情報を追いかけていたから、翔と藤堂が同じ大学に通っていることは知っていた。ただ同じ学部だとか、同じ講義を受けているとか——ＤＶＤの貸し借りができるほど仲が良かったまでは知らなかった。

だったら翔も言ってくれればいいのに……。

航が「好きな俳優なんだ」と言っているんだからさあ……。

「翔、藤堂櫂と友人だったの？　なんで教えてくんなかったの？」

酔っぱらいの夜に見たダンス。くるくる回った彼を照らした公園の明かりがスポットライトみたいで——。センチメンタルになっていた航の感情を、藤堂の笑顔と動きがさらさらと撫でていった。

行き場のない、形もちゃんとしていない不安感や焦りや寂しさが、藤堂の悪戯《いたずら》っ子のような笑顔で拭われた瞬間を航はずっと記憶している。

ただ、あのときの自分の感情をうまく説明できそうになかったから、航は、理屈はつけずに「なんだかこの俳優が好きなんだ」で押しとおしている。

「らって……兄ひゃんが藤堂のファンだから……逆に言いたくなかった。最初に会ったときは藤堂、駆け出しだったから売れてるわけでもなく、俺も知らなかったしさ。売れる前から兄ひゃんが藤堂に注目したの見て、なんか俺、悔しくなっちゃったから。言いそびれた」

「悔しくって……？」

「それに俺の兄ひゃんが、俺以外の男のこと誉《ほ》めるのは～。女の子とかさ、女のアイドルとからったらわかるけど、男の俳優好きって言われると……。それって、同性として認めるものがあるって感じなんらろ～けろ、複雑で」

「え……」

チクッと胸に細かな棘《とげ》が刺さる。ブラコンすぎるがゆえに、航は翔に「自分はゲイだ」と告げていない。軽蔑《けいべつ》されたら立ち直れない。ほぼ同じ顔でミリ単位でしか身長が違わない（ちなみに航のほうが三ミリ低い）そっくりな体型の双子の兄がゲイだと知ったときの近親憎悪を思うと、心臓だけ氷河期に突入したくらいキンキンに冷える。誰に知られるより翔に知られるのが一番嫌だと思っている。

男優が好きだと言う程度でも「複雑」な気持ちにさせてしまうのか。心の内側に暗い靄《もや》が漂う航である。

しかし翔は航の心を過《よ》ぎる思いには気づかず話し続ける。

「なによりさ、藤堂は……兄ひゃんが思ってるほど、いい男じゃなかったから。むしろ変な奴らったよ。それで言いそびれた。夢壊しそうで……さ、兄ひゃんがかっこいいって言ってる男の悪口言うみたいで、なんかいさぎよくないみたいな」

「変な奴……だろうね」

そこはうっすら把握している。なぜならくるくる回っているところを見たのが初見だったから。

「なんか胡散《うさん》臭い男なんらよ～。そんな成績いいわけでもないし～、優しいっぽいけど……兄ひゃんのほうがずっと優しいし～、っていうか言っちゃえばさ～、俺のほうが優しいし気がつくくらい」

「翔はたしかに優しさの権化だ。でも……それとこれとは関係ない」

「どれとそれだよ～」

言っておいてなんだが、聞かれると航も答えられない。どれもこれもない。

「いいから、兄ちゃんの言うこと聞きなさい！」

きっぱりと言い切った。兄貴風を吹かせるときは勢いが大切。

「こんなときだけ兄ひゃんぶって……」

ぶつぶつ文句を言いたげな翔の、冷やすべきポイントすべてを水枕や熱冷ましのシートで冷やしまくってから、航が腕組みをしてつぶやく。

「こんなときしか兄貴ぶれないからだよ。翔のためになること、させてよ～」

「……兄ひゃん……優しい……」

「僕なんてまだまだだよ。優しいのはいつも翔のほうだろ～。僕を看病なんてするからこんなことになったんだよ……」

「兄ひゃ～ん」

翔がうるうるとした目で航を見つめる。ぷっくりと膨れた頬が痛々しいが、「餌《えさ》をしこたま頬袋に詰め込んだ栗鼠《りす》」に見えなくもない。

ブラコンなのは航もまた同じだった。似た顔を持つ双子でお互いが大好きというのは、ナルシストっぽくて他人には胸を張って言いづらいが、航はいつも「翔の容貌は誰よりも可愛い」と思っている。双子だが、翔は航より百倍は可愛いのだ。

同じに色白の小さな顔で、同じに大きな目で、睫《まつげ》も長くて全体に「愛玩系《あいがんけい》」なルックスでも――内面が外側を変化させている。だから奥手でうじうじとした部分があって、身のこなしのもっさりした航はどうしても泥臭さが滲みでているし、逆に翔はまっすぐで外交的な明るさや、趣味の良さが表れていて、航よりずっと洗練されている。

端的に言えば航は根暗で、翔は陽気。表情に内面が表出し、それが互いの差異になっているのだと航は思っている。

ルックスはどうでもいいけど、自分はこの性格をもうちょっと外交的に変えるべきだ――とも。しかしそれを言うと翔は「兄ちゃんは言うほどネガティブじゃないよ～。やるときゃやるし。普段、鈍くさいのは認めるけど、ぼやーんとしたときとか、おたついているときの様子が可愛いからいいいんだよ～」と笑うのだ。

身びいきの強い兄弟なのである。

だから――翔の代理で講義に出るのも、しごく当然のことだと思えた。そして翔も最終的には航の提案を「よろしくお願いします。やっぱり兄ひゃんは世界一優しいな」と、感激しながら受け入れたのだった。

2

コンタクトレンズを入れるのは一年ぶりだった。使い捨てのソフトコンタクトレンズは購入してから一回使用したきりしまい込まれていた。入れるのに三十分以上かかった。途中でくちゃっとレンズをつぶして落としてしまったり、さんざんだ。

レンズはちゃんと入ってるはずなのに、まぶしくて、目が痛い。

ほくろを消す道具が手元になくて、通学途中でコンビニで恥を忍んで女性用の化粧品を買った。ベージュ色のクリームをほくろの上に厚く塗り、ごまかす。マスクもつけたほうがいいか考えて、かえって目立ちそうな気もしたのでやめた。普段と違う状態でいて、先生が航を目に留めて質問したとしても、文系な自分は翔の代わりに答えられないかもしれない。講義中はできるだけ目を伏せてやり過ごすことにする。

大学の場所はさすがに知っていたが、講義室の場所は翔に聞いてきたもののあまり自信がない。迷子になりそうな予感がしたので、早めに到着しぐるぐる回ってやっと探しだした。

シパシパと瞬《まばた》きしつつ、航は、翔の変装をして代理で講義に紛れ込む。

広い講堂だった。

まだ時間前でまばらに座っている学生たちに、曖昧《あいまい》な微笑《ほほえ》みを浮かべて見せた。翔は誰にでも愛想がいいから、講義室にいるほとんどが友だちだとしてもおかしくはない。笑っているにこしたことはないだろう。

しかし無意味にへらへらしているのも変だろうか？

途中でそう思いつき、唇を引き結んでみた。だがそうなると、ひとりで笑ったり、むっとしたりをしている変な奴レベルが高まっているだけのような気も。

いけない。いまは翔の名誉のために「きちんと翔らしく」振る舞わねば。翔らしくとなると——可愛らしく、よく気がつき、そして感じよく。キラキラしいぐらいにモテそうな雰囲気で——。まず姿勢からしゃっきりしなくてはと背筋をただした。ちょっとだけ口角を上げた。髪が乱れていたら好感度が下がりそうだから、手ぐしでささっと直す。

目が合った女性が、照れたように笑って頬を染めるのを見て「うん。翔らしさ百パーセント」と思う。モテてこその翔である。幼少期から毎年、バレンタインには大きな袋ふたつくらいのチョコを持ち帰っていた、それが翔。

しかし見つめた相手に赤面されたことで、なんだか航も恥ずかしくなってしまう。

少しだけ胸が痒《かゆ》くなるような、くすぐったさを覚えた。赤面させたことにではなく、翔の代理でここにいることに気が高ぶる。幼い頃は互いの服を取り替えっこして、入れ替わって過ごしたりしたものだ。物語の「王子と乞食《こじき》」ではないから、入れ替わったところで特になにも起こらなかったけれど、なんとなく悪戯心が満たされてふたりでクスクスと笑い合ったものだ。

二十一歳で「入れ替えごっこ」って。

なんだかなあと思う。

さてこのあとどうしたらいいのかと悩む。極力、誰とも話したくはないし。

視線を逸らし、ドアを見た。

――あ。

ちょうど入室してきた男の姿に、航は目を瞬かせ、小さな声をあげた。

藤堂燿だ。

テレビや映画で見たまま――さらに言えば、一年半前の深夜の公園で見たときと同じ印象の――やんちゃな王様みたいな男。彼の仕草が優美なのは、均整の取れた体躯やしなやかな身のこなしもさることながら、目つきにわずかな傲岸《ごうがん》さが滲む瞬間があるからだった。

たぶん魂が王様なのだろう。

王族は普通にしていて「威張って」見える。そして王族や貴族というのは、立ち居振る舞いが自然と優雅で上品になる。たとえ夜の雪に喜んで子どもみたいにくるくると回ってみせたとしても――その振る舞いが整えられたダンスに見えてしまうくらいに。

講義室を見渡す藤堂に、航は慌てて立ち上がる。ガタガタと椅子《いす》を引き、

「あの……ええと、あれ」

ＤＶＤを取りだすために鞄《かばん》をごそごそと探った。

「あ……あった」

独り言が多いのは孤独な人間のしるしとは誰が言ったものか。航はまさしくそうだ。単独行動が多く、友人が少ないため、行動するときにむやみに小声の独白が多い傾向がある。ただ言い訳をするならば、誰も友人がいないわけじゃないから！　少しだけどいるから！

「あの……と、藤堂さん、これありがとう……」

急いで藤堂に近づき、言う。

途中で翔はこんな気弱な話し方はしないなとハッと我に返る。つい素に戻ってしまっていた。翔らしくしなくてはと気を取り直し、胸を張り、感じのいい笑みを浮かべて、藤堂へとＤＶＤを差しだす。

「ああ」

少し間があった。航はぼんやりと藤堂の顔を見上げていた。やっぱり人目を惹くいい男だよななんて考える。

受け取った藤堂はさらになにかを待つように黙りこくっている。どことなく不機嫌そうに眉根を寄せた藤堂の表情に、航は狼狽《うろた》えた。怒らせるようなことを自分はやっただろうか？

三十秒くらい経過してから、もしかしてこれは自分が話すべきパターンなのかと、再び、ハッとする航だった。そういえば翔だったらこういうときもうひと言、二言、言葉を添えている。

「これすごくおもしろかった。『劇団　クマ狩り族』の三年前の上演作のＤＶＤなんて誰も持ってないと思ってたのに、思いがけず見せてもらえてよかった～。それだけじゃなくパンフまで貸してもらえて、ラッキーだった。ありがとう～」

「……ああ」

こくりとうなずき、藤堂は面倒臭そうにＤＶＤを持ち、ひとわたり視線を巡らせた。空いている席に鞄を置き座る藤堂に、航はそれ以上、言うべき言葉もなく押し黙る。

スカッと空振りしたかのような空《むな》しさが心に居座っている。それが航をそこから去りがたくしている。あとはきびすを返して自分の席に戻ればいいだけだとわかっているのに、うじうじとなにかをしたくて立ち尽くし――。

「小鳥遊、まだなんかあるのか？」

低い声でそう問われた。つつかれた破裂する風船なみに、ぎょっとしてぴょんと跳ぶ。その様子に周囲がプッと噴く。

「翔くん、やだ。なにしてんの？」

見ていた女子学生に声をかけられ、羞恥《しゅうち》で耳が熱くなる。目立つことはしないでおこうとしたのに……。

「いや……ごめん。なんでもない。藤堂さん、ありがとう。それじゃ」

わたわたと首を振って自席に戻る途中、どうして自分の動きが停止したのかを遅ればせながら思いつく。それは藤堂があまりにも普通だったからだ。

自分が記憶していたように、相手も航のことを覚えているんじゃないかなんて——航は心の底で少しだけそんな期待を抱いていたらしい。「きみとは一年半前に夜の公園で会ったよね」などと、再会して即座に言われたり……とあり得ないことを夢見ていたらしい。

そんなはずあるわけないじゃないか。

眼鏡でダサい航のことを覚えてるわけがないし、もし眼鏡をはずして再会したいまの航に「あの夜に出会ったよね」なんて言えるなら——双子の弟である翔と会ったあとでひと言なにかを言うはずだった。航と翔は、顔立ちそのものはそっくりなのだから。「おまえに似た男をこないだ見かけた」とか。そうしたら翔のことだからすかさず「それは自分じゃなく、双子の兄じゃないかな」と返しただろうし——帰宅してから「兄ちゃんを見かけたことがあるって、藤堂櫂が言ってたんだけど」と航に報告するだろう。

というこれも妄想の産物で——すべては航の考えすぎかもしれないけれど。

どちらにしろ藤堂は航のことを覚えていない。それだけは確定だった。

よく考えたら、先生たちにばれなければいいだけで——友人たちには「実は双子の兄で、単位が足りないという話なので代理で来ました。秘密です」と告白してもよいのではと思ったのは――席に座ってしばらく経過してからだ。

発熱で朦朧《もうろう》としている翔がそれに気づかないのは仕方ないとして、自分の抜けっぷりにびっくりする。いつもながらトロい。

前から配布された出欠票に翔の名前を書きながら、頭を抱えたくなった。いまから「実は僕は兄です」をやってもいいだろうか？　さっき思い切り「翔くん、やだ」と言われて笑われたのに？　翔になりきって見せて微笑みかけ、知らない女子学生を赤面させたうえで？

出る前に翔はなにも言わなかったから、やっぱり翔が休みだというのは友人たちには内緒にしておきたいのだろうか。おたふく風邪っていうのは微妙な病名だし……。大人のおたふく風邪は質《たち》が悪いし、生殖機能に問題が生じることがあるとネットに書いてあった。翔は隠したいと思ったかもしれない。

机に肘《ひじ》をついて手を組み合わせ、顎《あご》を乗せる。どうしようかと困惑し、考える。

それにしても目が痛い。ソフトコンタクトレンズだから痛くないと聞いたのに、どうにも航は目に異物を入れることに向いてない。レンズがズレているのか、じわっと視界が滲んで歪《ゆが》む。目を擦《こす》りたいけど、擦れない。

ふと顔を上げると、斜め前の席の藤堂が航をじーっと見つめていた。藤堂はくっきりと眉間《みけん》にしわを寄せ、首を傾《かし》げて航を凝視していたが、航が視線を合わせて少ししてから視線をはずし、すっと前を向いた。

そのあとの講義の内容については——なにがなにやらわからなかった。数式を必死でノートに書き「翔ってすごいなあ」と思うだけが、航の一時限の収穫であった。情けない。


そうやって講義を過ごし——はたしてこのノートは役に立つのだろうかと、自分が書きしるした数式に首を傾げていた航の手元が、ふっと陰る。

なんだろうと顔を上げたら、藤堂がそこにいた。

「……な、なに？」

「泣いてるから」

そう言って藤堂がハンカチを差しだす。淡いブルーのハンカチと藤堂の顔とを航は三往復くらいくり返して見てしまった。

「あ……、うん。ありがとう」

たしかに自分は涙を流している。それはコンタクトが目に合わないせいだ。視界に映る藤堂の顔の輪郭も滲んで見える。しゃぼん玉の向こうの景色みたいに、どこかファンタスティック。

「今日の小鳥遊なんだかおかしいな。なにかあったのか？」

「え……」

そのまま藤堂は航をじっと見下ろしていた。無言の目力が「話せ」と命じている。王様みたいに「俺が聞いてるんだから、一を聞いたら十くらいは話して当然だろうが」とどやしつけている――ように見えた。

「なにも……ないよ。ハンカチ……その……ありがとう」

と言ってから――自分が双子の兄であることを告白するのなら「いま」だったのにと愕然《がくぜん》とする。実は兄で、代理で来ていて、ド近眼だからコンタクトを入れているせいで泣いているだけでと伝えたら、それですべてが丸くおさまるじゃないか。

ポカンと口が開いた。

間抜けな顔になっている自覚はあった。

「あの……あのあの、あ……」

と、慌てふためいて口をパクパクさせている航を、藤堂が眉根を寄せて困惑したように、

「まあ、なにも言わずに泣いてるのに人前で悩みを聞きだそうとするのは、デリカシーないってやつなんだろうな。おまえにさんざん、もっと人の気持ち思いやれよって怒られたのにな。悪かった」

と言って、ポンと航の肩を叩《たた》いて離れていった。

決定的にタイミングを逸してしまった。

――翔って藤堂櫂に「デリカシーない」なんて言えるくらい仲良しだったの？　知らないよ。

伝えといてよ、そういうことは。

藤堂の背中を見つめ、瞬いた翔の双眸《そうぼう》から涙がぽろりと流れ落ちた。すんっと洟《はな》をすすり、差しだされたハンカチで目尻を拭い――もうこうなっては自分は翔の代役として押し通すしかあるまいと、航はあらためて腹をくくったのだった。


午前中の講義が終わり、食堂に向かう。

カレーライスにしておけば間違いはなかろうとカレーの食券を買い、ひとりで食べる。カレーが美味《おい》しくないわけがない。

食べ終えてからコーヒーを飲み、文庫本を取りだして読むことにした。混雑しているならば立ち上がるつもりだったが、思いの外、ゆったりしている。次の講義の時間がくるまで座っていても邪魔にはならなさそうだ。

「なに読んでる?」

カタンと音をさせてテーブルの上にラーメンの載ったトレイが置かれる。視線を上げると、航の向かいの席に藤堂が座った。

「え……あの」

翻訳物のミステリのタイトルを覗き込み、藤堂が不思議そうな顔をした。

「小鳥遊ってこういうの読む奴だったか？　前に自分は漫画しか読まないってやけに威張って言ってなかったっけ？　どういう心境の変化？」

からかうように言ってラーメンを箸《はし》でたぐって食べはじめた。美形はラーメン食べてても品があるのかなんて、そんなことを思いながら、航はしばらく「食べる藤堂」を見つめていた。

「そんな……に翔のこと……じゃなく、俺のことよく知ってるの？」

「は？」

「俺が普段なにを読んでるかとかなにが好きだとか知ってるんだなあって」

「人をストーカーみたいな言い方するな」

「言ってない」

「おまえの好みを調べまわってるんじゃないかみたいな言い方されるいわれはない」

「だからそういう意味では言ってないよ〜」

「おまえ……話すスピードが妙にゆっくりになってんな……」

「そんなことないよ。やだな。藤堂さんて、僕……、や、おお俺の話すスピードまで計測してんの？」

口ごもってしまった。

「してないし。だから人をストーカーみたいな言い方すんなって。あれは誤解だったたって言ってんだろうが。言っとくけど、俺は別におまえのこと見張ってねーから」

「ストーカーなんて言ってないよ～」

誤解って？　見張ってって？

「おまえが言ったとおりに、人違いだってのは理解した」

「人違い？」

読んでいた文庫のページを閉じて傍らに置く。すれ違い続ける会話を必死で整理しようと、じっと藤堂を見返す。

一分くらい経過した。

「おい、なんだよ。ったく、待てよ……」

ラーメンを食べる手を止め、藤堂がつぶやいた。

「なにを？」

きょとんと尋ねる。

航の顔を穴が開くのではと思うくらいしげしげ見つめて、藤堂が聞き返してきた。

「なにがだ？」

「いやだから、いま、待てって言ったからなにを待てばいいのかなって」

「……実際になにを待てっていう意味じゃなくて。強いて言うなら『待て、こっち見んな』くらいの……。飼い犬に命じるみたいな『待て』だ」

「さりげなく、ひどいかも……。飼い犬って。それに『待て』と『こっち見んな』は違うよ

〜」

「違うな。おまえの言ってることのほうが正しいよ。……そうやってまた俺を悪者にすんだよな、おまえは。つい口に出しただけだ。食ってるとこそんなしげしげ見られたら……。なんか……調子くるう。おまえの目、泣きはらしたみたいで、赤いし。ああ……ほら」

藤堂が鞄をたぐり寄せてなかから取りだしたものをぽいっと放って寄越した。

「目薬？」

「充血とるやつ。疲れ目のときとか寝不足んときとかそれ点眼すると充血してる白目がちゃんとなるから重宝してる。使えば？」

「ありが……とう……。でもいいよ」

コンタクトレンズを入れているときには専用以外の目薬はさしてはいけないはずだった。そっとテーブルの向こうへと差し戻す。

「いいからつけろよ」

「いや、いいよ」

押し問答の末——ガタガタと椅子から立ち上がった藤堂が目薬を手にして航に近づいてきた。ぎゅっと頭を押さえ、

「いいからつけろ……って」

と、片手に目薬を構え上から覗き込む。

「わ。駄目っ」

航は慌てて両目を閉じた。ぎゅうっとつぶって身体を硬くする。

「って……？」

しかしいつまで待っても目薬は落下せず、かといって「もういいよ」という解放の言葉もなく——藤堂の片手は航の頭を固定していて——。

うっすらと目を開けた。

藤堂の切れ長の双眸が思った以上に間近にあった。

途端、航の体温がじわっと上昇する。そして再び目を閉じてしまう。

「……おまえ、なんて顔して固まってんだ？　この状態で目をつぶられるともやっとした気持ちになるな」

後ろのほうは独白めいていた。

「もやっとしたっ……て？」

「傍《はた》から見たらこれ、俺がおまえに無理にキス迫ってるみたいな状態になってるぞ」

くすっと笑って言う。からかうような笑いが、艶《つや》っぽい。

「ええっ？」

「いやがらせ？　まわりが俺たちのこと注目してるけど？」

「違うよ。ただ……目薬をさされたくないだけだよ～」

蚊の鳴くような声で訴えると「はあ」とこれみよがしなため息が返ってきた。

「わかった。目薬はささない」

「うん。じゃあ手を放してください」

「ああ」

短く応じ、藤堂が航から離れていく。

航は両手で目をガードしてからおそるおそる目を開ける。指の隙間からそっと相手を眺めた。

藤堂は片手に目薬を持ったまま「降参」みたいな形で両手を上げていた。

険しい顔つき。切れ長の双眸が、変なふうに光って航を睨《にら》みつけている。こんな感じで誰かに睨みつけられたり、意地の悪いことをされた記憶がどこかに――と思い返す。

幼稚園とか小学生のときとか――まだ航が自分の性指向に自覚のない時代に、クラスの男子たちがからかったり苛《いじ》めたりしたときの――。

翔がいつも航をかばって怒ってくれたけれど、でも何人かは執拗《しつよう》に航のことを「男女」と罵《ば》倒《とう》したっけ。「おまえ本当にちんこついてんのか」と言って教室で股間《こかん》を握られたり、パンツをおろされそうになって泣いたこともあった。

まさにその回想の最中、

「おまえ」

と、藤堂が言った。

喉の奥でひゅっと声がからまって、心臓が重たく硬くなった。

「おまえさ……恥ずかしがると妙に可愛いな」

「ええっ？」

なんとなくののしられるのではというような気がしていたためか、肩すかしで脱力する。

当たり前か。二十歳越えて「男女」なんてからかう奴がいるとも思えない。安堵《あんど》しながらも、航は内心でひとりごちる。自分の精神年齢は、わりと小学生で止まっている。一番あやふやで、つらかった時期だったせいだろうか。咄嗟《とっさ》のときに嫌だった記憶がリピートするのは、苛められ体験。

「いや、もともと顔は可愛いけど。前にも言ったとおりさ、うちの事務所に入んない？　うちのマネージャーいまだにおまえのこと言ってるよ。あんな逸材、人前にさらさないのもったいないとかなんとか……」

「…………？」

「そういうの興味ないってのは聞いてるけどさ。でも『劇団　クマ狩り族』のＤＶＤとか、その本とかさ……、趣味的にもこっちにまったく興味ないってわけでもなさそうなんだけど？」

「本？」

「それ、今度、映画化されるやつだろ。まあベストセラーっちゃあベストセラーだし、読んで不思議はないとしても——ちょっとは気になるなら、考えてみろよ。弱小事務所のわりにはうちは融通利かせてくれるよ。長い将来見据えて、仕事選ぶのも許してくれるし……って……なんでそんなにアホ面さらして聞いてる？　なんかいまはじめて聞きましたみたいな顔して聞くなよ……」

「だって……」

いまはじめて聞いたよ、そんなの。

翔は藤堂櫂のマネージャーに見いだされスカウトされたことがあるのか。そしてそれを断った。なんでも話し合う兄弟だと思っていたのに、そんな話はひと言も聞いていない。

そりゃあ自然と口がポカンと開くというものだ。目だって丸く見開かれるさ。

なにを言えばいいのか。考えた結果、最初に出たのはこの台詞だ。

「あのね……ラーメンがのびるよ」

「わかってる」

藤堂が仏頂面で答え、目薬を航へと放り投げた。胸元にストンと落ちた目薬をそっとつかむ。ドキドキした。心臓が変な調子でビートを刻んでいる。

藤堂はくるりと回って椅子に座り、残りのラーメンを食べはじめる。

「んで、ＤＶＤどうだったんだよ。『喜怒哀楽魔術師の百年戦争』は」

ひどいタイトルだが、それが貸してもらったＤＶＤのタイトルである。周囲に仙人と称されるほど穏和な男が主人公。だが彼は感情の起伏を外に見せず内側に溜《た》め込みすぎて「溜まった気持ちがガス化して腹部膨満で膨れ上がって空を飛ぶ」という奇病になった、というところからはじまる芝居だった。

「うん。笑った」

たまにシモネタが交じる下種《げす》な笑いと、小劇団ならではのブラックユーモア。地上派テレビでやったら「不愉快だ」「わきまえるべき」と抗議殺到だろう内容である。

「……意外」

「なんで？」

「だってそれ笑いポイントが小学生男子なみのシモネタだろ。言葉にしない気持ちがガスになって飛ばないためにはオナラやゲップで出さないと……とかさ。小鳥遊そういうの嫌いそうなのに」

「うん。そっちの笑いはあんまり得意じゃないや〜。でも『劇団　クマ狩り族』はシモネタの合間に、少年の直球の夢みたいなのがあるから」

「ああ……。あるね。迫害されてたり、虐げられてたり、我慢に我慢を重ねたりしているみんなが最終的に団結して、ぜーんぶひっくり返すラストが。漫画的展開で熱いやつ」

「そうなんだよ〜。定番だけどうるっときちゃうんだよね……。ラスト近くになると、絶対にそれまで関わった脇役たちみんなからの『がんばれ〜』みたいな回想応援シーン入るでしょう？　あそこに毎回ぐっとやられちゃう」

普段、航が思っていたのと同じ感想を藤堂に言われ、わ〜っと一気に話した。周囲に同じ趣味の人間がいなかったこともあり「そう、それ！」というツボをついた感想を言われ、滾《たぎ》ってしまった部分がある。

「たしかに。それでいてシリアスに寄り切らないで途中で笑いに戻ってくるさじ加減が絶妙かもな」

「うん。あと貸してくれたDVD見て、三年前のものでも笑えるのって基本のギャグが小学生男子レベルだからなのかもな〜とも思ったよ。時事ネタっぽいのは入ってないから。それと、僕、脱力系が好きなんだよね。そういうところでは藤堂さんが出てた『二年目のふたり』もさ、脱力系でほろっとしつつ泣き笑いで……すごく好きで……」

蓮華《れんげ》でラーメンスープを飲みながら、藤堂が怪訝《けげん》そうな目を航に向ける。

検分するように凝視され——話しすぎるとボロが出ると慌てた。うっと言葉を飲み込み、唇を閉じて笑顔でごまかす。

「なんで、さんづけ？」

「ええ……と」

——だから……翔と藤堂耀ってどれだけ仲がいいの⁉

ひょっとして呼び捨てなの？

翔が航に「藤堂耀」との交流をあえて言わなかったのはどうしてなんだろう。もしかして航がゲイなことに勘づいて——同性である藤堂を好きなのではと不穏な気持ちで隠していたとか？

狼狽えて、

「なんとなく」

と答える。

「ふーん。なんとなく……か、今日のおまえ、マジで変だな」

「変て……」

続けてなにか言われるかと身構えたが、藤堂はそれ以上その件については突っ込んではこなかった。

「小鳥遊、邦画はたるいから見ないって言ってなかった？」

「あの……兄がそういうの好きで……だから」

「小鳥遊、兄さんいたの？」

そこから⁉

兄弟がいることすら隠していた？　隠しているわけじゃなくても、話題には出さなかったというだけ？

なにを言っても墓穴を掘りそうで、航は本をわたわたと鞄に入れ、食べ終えた食器の載ったトレイを手に持って立ち上がる。

「ちょ、ちょっと……用事思いだした」

「は？」

挙動不審を自覚しながら航はぎくしゃくとその場をあとにしたのだった。

※

航はそのままその日の残りの講義もどうにかこなし、充血した目で帰宅した。どこにいっても誰かが声をかけてきたり、笑いかけられたりで、気疲れした航である。翔が社交的なのは知っていたが、想像以上だった。

藤堂のハンカチをかわきりにして、ティッシュやらハンカチやら日本手ぬぐいまでもが、男女問わず差しだされた。ということは、航はあらゆるところで目を赤くして泣いていたということにもなる。

食堂にいっても講義室でもやたら注目されているような気がして、ガチガチに緊張してしまった。

さらに理系の講義数の多さにも航は気後れしてしまった。航は一年二年で必修単位を取ったため、三年のいま、必要講義のコマが満ちているので休日にあたる曜日がわりとある。午前にはヒトコマしかないという日もある。が、翔の一日は朝から夜までみっしりと講義が埋まっているのだ。文系と理系では学年が上がるにつれて講義量に差が出るうんぬんというのを、実感のない伝説のように聞き流していたが——翔はいつもこんなに毎日、数式やらバイオなんたらやらを頭に詰め込んでいたのか。

ずっと「弟のほうができがいい」と思ってきたけれど、さらに止《とど》めをさされた。

バイトが忙しいから単位が足りなくなったわけじゃなく、そもそも必修単位が航よりずっと多いだけでは？

——それに今日は不必要に目立ってしまったし、翔のためになったかどうかわかんないや。

肩を落として自宅に辿りつく。とにかく一日過ごし、必要な単位を埋めたから良しとする。しかし翔には申し訳なさでいっぱいだ。以降、翔は「なんであの日は泣いていたのか」と問われることになるだろう。

今日帰って翔の水枕を取り替えたら、第一声は「目立ってごめんなさい」だ。そう思いつめて航は部屋に入った。

居間のテレビがついている。

ドアを開けると、自室で眠っているはずの翔が、ソファでぼーっとテレビを見ていた。

「あ、おかえり、兄ちゃん」

朝はげんなりとして、うまく回っていなかった口が普通になっている。ただし頬から顎にかけてのラインはぱっちりと腫れたままだ。下ぶくれの顔が痛々しい。

「翔、なんでもう起きてるの？」

慌てて駆け寄って、翔の額に手を当てた。

「熱、下がったから。兄ちゃんが往診頼んだお医者さん来てくれて、点滴してくれたよ。それが効いたのかな～。ひと眠りしたら楽になってて、七度五分まで下がったんだ。耳下腺の腫れもちょっと引いた気がしない？」

「うーん？」

「歩きまわるにはだるいけど、じーっと寝てるのは飽きる感じでさ。やっぱり予防接種は効果あるね。兄ちゃんが先におたふくになってくれたおかげで、俺は予防接種をやって来るべきおたふく風邪に万全の態勢で備えられたんだよ。ありがとね」

「翔……。翔はもしかして天使の生まれかわりなの？」

「なに言ってんの。兄ちゃん」

「だって、おたふくうつされたのに、そんな感謝だなんて……。我が弟ながらいい性格すぎるよ～。なのにごめんね。兄ちゃん、翔の代わりをちゃんとできなかった」

航は翔の座るソファの前にちんまりと正座した。

「ごめんなさい」

ぴょこんと頭を下げると、翔が「へ？」と空気が抜けた声で聞き返す。

「先生になんか言われた？　でも、おたふく風邪だったら休んでも仕方ないよね。今日、往診してくれた先生に診断書書いてもらって、あとで掛け合うからいいよ」

「ううん。講義は全部無事に出席扱いになってるよ。これノート」

ノートを鞄から取りだしテーブルの上に置く。講義を受けた順番に重ねながら続ける。

「そうじゃなくていろんな人に泣き顔見られた。別に悲しいわけじゃなくてただコンタクト合わなかったから泣いただけなんだけど、それ言えなくて。よく考えたらさ、翔の友人には、翔がおたふくだから僕が代理で来ましたって言うべきだった。なのに言いそびれてそのまま……翔のふりしてるのにいたるところで泣いて……」

「はあ……ああ……うん」

「そしたらいろんな人がティッシュとかハンカチとか貸してくれてさ。ありがとうって言ったけど……ありがとうって言うだけでなんかもう精一杯で……。僕もハンカチ持ってるから気持ちだけでって言おうとして、鞄からハンカチ取りだそうとしてるあいだに、みんな僕に押しつけていなくなっちゃうし。鞄は何回も落とすし、中身も講義室や食堂でぶちまけちゃったし」

思い返すと頭を抱えたくなる。翔らしく振る舞おうとすればするだけ、動作がぎこちなくなり、途中から我ながらロボットじみた動きになっていた。自覚あり。

「どこで自分は翔じゃないって言いだせばいいのか、わかんなくなっちゃって。それに、もしかしたら翔はおたふく風邪なんてみっともないから人には言いたくないかもだし……。どうして翔の代理で単位取りに来たか、ごまかす理由も思いつかなかったし……」

ノートの次に差しだされたティッシュとハンカチを山積みにしていく。藤堂に貸してもらったハンカチを一番上に置き、

「翔はすごいよ。ハンカチとか日本手ぬぐいとかみんなが差しだすんだ。講義の度に入れ替わる人たちに、次々とティッシュもらってさ。人生で、あんなに人からハンカチやティッシュ差しだされたのははじめてだ」

翔がくすくすと笑いだす。

「なんで笑うの？」

「だって兄ちゃん、赤い目して、うるうるさせて、しゅんとしてるから。どうせ兄ちゃん、まっすぐ前見て真剣な顔して黙って静かに泣いてたんでしょう？　ぐっと唇嚙《か》みしめてさ。絶対に眉間のここんとこにしわ寄るんだよな。兄ちゃん、一生懸命になると眉根が寄る」

翔は自分の眉間を指でぎゅっと押さえ、苦笑している。

「わかるもん、俺。その光景、想像したらキュンとなる。そりゃあハンカチぐらい大盤振る舞いしちゃうって。いたいけだもん」

キュンってなんだ？　いたいけとは？

航は首を傾げ、翔を見上げる。そうしたら翔が胸を押さえ「キュン」と再び言って、パタリと前のめりに身体を曲げた。

「くぅ～っ。俺と同じ顔してるのにどうして兄ちゃんはそんなに可愛いんだろうね。奇跡の二

十一歳だ。つくづく人は見かけじゃないんだよね。本当……双子なのに」

「双子なのにできが悪くてごめん」

「そういうんじゃなくてさ。俺が泣いてても誰もハンカチなんて貸してくんないと思うよ。そもそも俺、人前で泣かないし。泣いたとしてもみんな俺のことは、なに泣いてんだよってバシッて背中とか頭とか叩いてくだけだと思う」

「僕だってコンタクトじゃなかったら泣いてないよ〜。それにみんなは僕のことを翔だと思ってたわけだし……」

「思ってたのかな？　ばれてない？　俺に対して、そっとハンカチ差しだす友人って浮かばないよ？　みんなゲラゲラ笑って『なに泣いてんの』って頭とか肩とかバンバン叩いて、せっつきそうなんだけど？」

「ばれてないよ。じっとこっち見てるから笑い返したら、赤面した女の子もいたくらいだよ」

「え……。ひとりでじーっと静かに涙を流している兄ちゃんと視線が合って、そうしたら微笑まれちゃったたっていうこと？　まあ……赤面はするよね、そりゃあ」

「翔っぽい感じで笑ったつもりなんだけど……」

「俺らしくってどんな笑い方なんだろ」

翔はハハッと笑う。笑った途端、腫れた箇所が痛んだのか、頬のあたりを片手で押さえ「う」と呻《うめ》いた。

「大丈夫？　冷やさなきゃ」

立ち上がりパタパタと冷凍庫に新しい熱冷まし用のシートを取りにいったら、翔が「あー、俺のことはいいから兄ちゃんコンタクトはずしてきなよー。ウサギの目だよー」と言った。


おかゆを作り、お茶を淹《い》れ、水枕の氷を入れ替えていそいそと看病する。コンタクトをはずして眼鏡になったら、目の奥のゴロゴロがなくなってほっとした。はずしたコンタクトを指先に載せじーっと見たら、両方のコンタクトレンズに睫がついていた。

「……でね、両方とも睫が入っててそれで泣いちゃってたみたい。泣いても泣いても流れないなんて頑丈な睫だよね。なんだろう」

作りたてのおかゆをふーふーと食べている翔に報告する。

「俺たちふたりとも睫長いもんなー」

これは自慢ではなく事実だ。そしてその件については互いに「睫が長いのってよく美形自慢みたいに言われるけど、ラクダも睫長くて目だけは綺麗なんだよね」という結論に到達している。ラクダの造形を美しいという人は、少数派だろう。人は部分部分ではなく、全体像を見て美醜を判断する。

「うん。睫長いせいで眼鏡のレンズに当たるから、レンズがすぐ汚れるんだよね〜」

それが気になるからコンタクトに変えようかと用意し、けれどまた眼鏡に戻ったのはどうにもうまくコンタクトが装着できないからだ。ドライアイで目がゴロゴロする。

「でも兄ちゃん眼鏡かけてるほうがいいよ。裸眼だと、兄ちゃんのふわふわ度がアップしていろいろと危険だから」

「ん？　そもそも裸眼は無理だよ。視界がぼんやりすぎる」

「コンタクトもやめとくべき。あんまり可愛すぎて誘拐されちゃうかもしれない」

「二十一歳の男が誘拐なんてされないよ〜」

「けど昔、兄ちゃんだけ誘拐されただろ。可愛い子だっていう理由で、知らない女の人にさ」

「幼稚園の頃だろ、あれ」

ということが五歳のときにあったのだ。スーパーの駐車場で、買い物をしている母を待っていた航を「可愛い」という理由で女性が連れ去ってしまったのだ。いまにして思えば、ついていく航も航だ。幸いなことにあちこち車で連れまわしてケーキを食べさせてくれただけで女性の気が済んで、夕暮れどきに再びスーパーの駐車場に戻ってきて「じゃあまたね」と車から降ろされた。

ちなみにそのとき翔は航の隣にいて「兄ちゃん、それマズイって！」と航の手を引っ張って必死で止めていた。それに対して女性は「ふたりとも可愛いけど、ひとりだけでもいいから遊びにおいでよ」と航の手をするっと握った。それで航がふわっと女性について車に乗ってしまったので、翔は大慌てで泣きながら母を捜して訴えたそうである。

警察にも連絡され、地域的・家族的一大事になったそれも、無事に帰ってきたあとではどうしようもない笑い話兼教訓と化している。

航はもうちょっとしっかりしろという教訓。ふたりの性格の差異について。翔はもっと航を見張るべきかもとか、両親及び親戚が彼らに関して気にかけるべきポイントについての教訓。

いまだったらニュースになったかもしれない。しかしその当時は「無事に帰ってきたからまあ良し」とする風潮があった。まだまだ平和な時代であり、平和な田舎町だった。

「兄ちゃんは人の善意を信じすぎる」

「そんなことないよ」

「あるよ！　まあ、そういう、ほわーんとしたところが兄ちゃんの魅力なのも知ってるけど」

「そういう翔は人の善意を信じないの？　そんなことないでしょう？」

反論したら翔が「まあね」と笑う。

基本、ふたりとも平和にのほほんと暮らしているのだ。悪い人間なんていままわりにいない。

喉が痛いと言いながらも翔はもりもりと、おかゆを平らげた。食欲があるのはいいことだ。

ごちそうさまのあとで翔が満足げに言う。

「兄ちゃんの作る料理って美味しいよな〜。俺がちょうど食べたいものに合わせて味付けされてる」

「料理とか家事は好きだからね。たかが、おかゆでそんなに誉めてくれるから、作ってて楽しいし。いつもありがとうね」

「もうっ。兄ちゃんたら」

バカ双子である。

取り決めをしたわけでもなく、互いの役割分担が自然とできている。翔は忙しく出歩くことが多いから、インドアな航が家事を担当するのは理にかなっている。

「んー、だってさ、俺のことが好きだからしてくれてる料理って感じがするから嬉《うれ》しくなって感謝しちゃうんだよね。自分のためにって嬉しいことでしょ？」

「もちろん。翔のことは大好きだよ」

誉め合いが微妙にすれ違うのもいつもの仕様だ。

それに、一緒に暮らしている相手の体調に合わせて味付けや調理法を変えるのは普通のことだと思う。だからいちいち翔が感動する度に航は「毎回誉めてくれる翔ってえらいなー」と感じる。

「そういえばさ……翔って藤堂櫂と仲良しだったんだね」

できるだけさりげない口調を取り繕う。

どうして翔は藤堂のことを言ってくれなかったのか——というのがちょっとだけ怖くて聞けない。同性に興味を持つ兄に不信感を抱いて、それで話してくれてなかったのかな……なんて。

目の端に、テーブルの傍らに置いてある藤堂のハンカチが入る。藤堂のだけではなく貸してくれたハンカチみんな洗濯をしてアイロンがけをして返却しなくては。

「うん。まあ……ううん」

いつになく翔が浮かない顔になった。そのまま言葉を濁すから、手を止めておそるおそると翔の顔を覗き込む。

「一番先にハンカチを貸してくれたの藤堂さんだったよ。そんなに仲が良いならあらかじめ言ってくれたらいいのに」

「だって……。あのさ、兄ちゃんなんか変なこと言われなかった？」

「変なことは言われてない。でも翔がスカウトされたっていう話は聞いた。兄ちゃんそんなこと一切知らなくてびっくりした」

「なんでそんな話に⁉」

「DVD借りたから、やっぱりそういうの興味あるんじゃないのかなみたいな流れ……だったように思うよ」

「そういう流れ？　断ったから、もう言わないだろうと思ったのにな。たまたま仕事の都合で迎えに来たマネージャーさんが俺のこと見かけて、気に入っちゃったんだって。そんなの伝言みたいに言われたら断るでしょ。マネージャー本人が口説きに来るならまだしも、藤堂に『うちのマネージャーがおまえにモデルやらないかって言ってんだけど』って言われても」

「すごいじゃん。やっぱり翔はかっこいいから～」

ふわふわと言うと、翔が苦笑する。

「俺がすごいなら同じ顔してる兄ちゃんもすごいんだよ？」

「そうなんだよね～」

と、口ごもる。同じなのに、なにかが違うような気がする不思議。自信の違い？

「藤堂ってその前からじろじろ俺のこと見てて、観察してる感じがしてちょっとイラッとしてたんだよね。すっごい見ててさ――んで、あいつ目力とか迫力とかあるだろ？　そこは芸能人だし。見返したらこっちが気圧《けお》されて負けるのが腹立って」

「勝ち負けなの？　にらめっこなの？」

「違うけどさ～。で、兄ちゃん、結局、リアル藤堂どんな感じだった？　言うほどかっこよくなかったろ？　目立つし、そこそこキラキラオーラ発してるけど、まだまだ主役じゃない感の男でさ。しかも変なところで強引だし」

「強引かな？　デリカシーないって翔に言われたことを気にしてるみたいなことも言ってたかなあ？」

思い返しながら言うと「そういうところがっ」と航が口を尖らせた。

「ちょっとイラッとする。わざわざ言わなくていいじゃんって思う。前にさ、同じゼミの女の子で綺麗めな子がいてさ、その子が冗談口調で『私も読モくらいならなれるかな。藤堂くんの仕事ってどんな感じか今度教えて』みたいに言ったことがあってさ」

「うん」

「そしたら速攻で『読モ〝くらい〟っていう言い方する人は、よっぽど突き抜けてないとこの仕事できないと思う。きみも美人だけどそこまで美人じゃないよね』ってみんながいる前で言ってて」

「あ……。でもそれは……一理あるかもよ」

相手が真剣にやっている仕事や業界に対して「～くらいなら」なれるかなという言葉を使うほうも問題があるように思う。

「だとしてもそれ、人前で即決で言われた側は傷つくだろ？　一対一ならまだしもさ、周囲の目があるなら濁してやれよっていうか。しかもそのあと、たいして時間置かずに、その子がいるところで俺に『マネージャーが気に入ったから』なんてスカウト話するから、こっちも即座に断ったんだ。あとで呼びつけて、こっそり『デリカシーないなおまえ』って文句言ってやったのに懲りてないんだな、あいつ。まだ言うかっつーか」

「翔……かっこいい」

ぶんぶん怒っている翔の行動力にうっとりして言う。

「そ、そうでしょ？　俺、かっこいいし」

翔が破顔して続ける。

「兄ちゃん、本当に俺のこと好きだよね。俺も兄ちゃん大好きだけど」

「うん」

こくりとうなずくと、翔がてろてろになった。

「まあ、それならそれでいいや」

「いいの？」

詳しく聞きたい部分はあったが――。

「いいっていうか。俺のことはほっといて、兄ちゃんは兄ちゃんでかねてからファンだった藤堂耀に対してどうだったんだよ」

「どうって……。うーん。かっこよかった……よ？」

「俺より？」

すかさず突っかかってくる翔がおかしくて「翔とはかっこよさの種類が違う」と笑う。

「また……会いたい？」

窺《うかが》うように聞かれ、首を捻《ひね》る。また会いたいかと言われると――会いたいけれど。

それ以前に――。

「え……あの……今日借りたハンカチ返しにいこうかなと思ってたから、もう一回は会うかなーって」

「うん？」

「講義の代理もあと一回くらいならいいかなって。……でもそっか。翔が診断書提出して大学にいかなくてもいいんなら、それでいいんだよね。翔がハンカチ返してくればいいってことだ。洗濯してからあらためて伝えるけど、このハンカチは独文の講義のときに一緒になった女の子から借りたんだ。日本手ぬぐいは食堂で会った男の人で……それから……」

「待って。貸してくれた人たちの名前とか特徴とかわかる？」

「名前はわからない」

……つまり貸してもらった航はわかるが、翔に「誰が貸してくれたか」を伝えるのは難しいかもしれない。

「翔にわかるように似顔絵描いて教えるね。日本手ぬぐいの人は短い髪の毛のシャキーンって感じの男の人で、ピンクの花柄のハンカチは綺麗な女の人だったよ。それでこれは藤堂さんで……あの……」

と、ひとつひとつ広げていってから——「ごめん。僕……」とつぶやく。

役に立ちたいと思って学校にいったのに。

「あ～……。兄ちゃん、もう一回その人たちと会ったらちゃんと返せる？　……返せるか。兄ちゃん咄嗟の判断力はズレてるけど記憶力は俺よりあるもんなー。うーん……。じゃあもう一回、ハンカチとか返すためにいってもらうかー」

「あの……」

「別に無理していかなくてもいいよ？　兄ちゃんにも兄ちゃんの大学の講義あるから。ただ、ハンカチのことが気になるなら……」

「そうか……。そうだよね」

ぼんやりと言い返し——手渡してくれた何人かの人たちの顔を思い浮かべる。一番印象に残っているのはやっぱり藤堂で——。

「……っていうかさ、翔って学校の人たちに兄弟いるって言ってないの？　僕、このまま翔のふりしていたほうがいいってこと？　代理で来ましたって翔の友だちには伝えたほうがいいような気がするんだけど」

「俺、基本的に友だち少ないからさ。兄弟がいるとか、双子なんだとかって、普通に過ごしてたらそんな話題にならないよね。二、三人くらいはなんかの拍子に言った気もするけど、わざわざ伝えてはないかな～。なんで？」

「翔は友だち多いよ。みんなに好かれるから」

「兄ちゃん俺のこと見るとき、身びいきで目が曇ってるよ。嬉しいけど」

「だけど高校んときも中学んときも……」

ぽつんと静かに過ごす航と違って、翔の周囲にはいつも人が溢《あふ》れていた。

「昔から、人を惹きつけてるのはいつも兄ちゃんのほうだったよ。双子の小鳥遊の『三枚目のほう』が俺。『ほっとけないほう』が兄ちゃん。本当、兄ちゃん自覚ないから困る。で、単位やばいのあとヒトコマだけだから……代理してくれるとしても次の一回でいいよ。ハンカチ返すときは相手の名前もさりげなく聞いといてね。あとで俺からも礼言っとくし」

「う……うん」

なにかまだ聞きたいことが――と思ったが、翔は「うー」とつぶやいてソファにごろんと横になる。腫れた顔を見ていたら、自分が痛かったことや熱で苦しんだ記憶が蘇《よみがえ》り、なにを聞くにしろ「いま」じゃなくてもいいよなと思い直した。翔に「いま」必要なのは休養だ。

「ちゃんとベッドに戻って寝たほうがいいよ」

「うー」

横たわったまま怠惰にひらひらと手を振る翔に、「もう」と口を尖らせ、航はカタカタと食器を重ねて台所に持っていったのだった。

3

この一日で翔の身代わりは終了――。そう思って翌日また大学に向かった。用意したコンタクト装着液をたっぷりつけて目に入れると、今日は昨日みたいに痛くない。ソフトコンタクトレンズ用の目薬も準備した。

ハンカチなどはすべて昨日の夜のうちに洗ってアイロンをかけてピンとさせた。

――今日は泣かないで翔の代理をする。

なんともハードルの低い決意である。出がけに翔に伝えたら爆笑し「二十一歳児」と言われて少し傷ついた。でも自分が浮世離れしていることも、実年齢より中身が幼いことも自覚しているので仕方ない。

しゅんとしたら、翔が、

「いいんだよ、兄ちゃんはそれで。俺が手塩にかけて育てた兄ちゃんだもの。純粋なままでいて」

と冗談口調で言って抱擁した。

自分のほうが兄なのに情けない。とはいえ昔は双子はあとから生まれたほうが兄とされていたらしいから、本当は航の方が弟気質なのかもしれない。

「おもしろいからそのまま俺の代理してきて。ばれたらばれたでいいけどさ。何人が気づくかってちょっと知りたい気がする」

とも言われた。

――翔のそういうところ少し意地悪だなあ。

悪戯っ子ともいうのだろうか。誰かを傷つける類のことじゃないからいいとしても。

講義室や食堂やカフェテリアで、貸してくれたみんなにハンカチを返す。

最後からふたりめは日本手ぬぐい。食堂で出会えて、無事に手渡せた。

と――。

「小鳥遊、なんかおまえ今日『なんか痛々しく間違ったイケメン』になってるけど大丈夫か?」

日本手ぬぐいを返した男子学生に真顔でそう言われ、愕然とする。

「痛々しく間違ったって?」

「手とかこう、こういう感じで、いかにもかっこつけてるのがちょっと痛い風」

と、肩をすくめて両手を掲げるポーズで首を振りながら言われた。

「そ……そんなふうに……」

女性相手のときは、翔らしく見えるようにと気をつけるあまり若干オーバーアクションになった気がする。

すらっと背が高くて短髪のその男の名は木内《きうち》というのだそうだ。翔に報告するために、貸してくれたみんなの名字を無理やり引きだすような会話を織り交ぜて知った。「こないだふらっと寄った店で話した人がきみと同じ名字だった」と切りだしてみたり「姓名判断がおもしろいから習おうとしたのに画数って数えるの大変でさ」などと言ってみたり。

不審に思われるかと思いきや、案外、みんながするっと名字を口にした。

「おもしろいからいいけど」

「よくないですよ」

しょんぼりと肩を落とす。木内が不審そうに言う。

「昨日は涙をぐっと堪《こら》えてて、今日は痛々しく間違ったイケメン」

「すみません」

「なんで謝る？　それに……おまえ、昨日今日でひょっとして身長縮んだ？」

「ええっ？　なにそれ」

「夏休みで長いこと会ってないせいなのかな。休み明けたらおまえ、印象変わったから。髪型変わったわけじゃなく、背丈も変わってないよな。夏前からおまえ、だいたいこのへんだったし」

と、木内が自分と航との背丈を目測するようにしてつぶやく。

「ちびっこになった気がしてならない……。なぜだ。おまえは本当に小鳥遊？　いや、どう見ても小鳥遊だよなあ」

ばれている。三ミリしかない身長差に気づくとは⁉

双子でそっくりなのに、入れ替わりが周囲に発覚しはじめている？

ああ、とうなだれる航だった。

「縮んでなんていないですよ。それはそれとして……あの……藤堂……見てないですか？」

借りたハンカチ返却の最後のひとりが藤堂だ。今日はいまのところ同じ講義がないようで、藤堂の姿を見かけない。休憩時間にカフェテリアも見渡したが、いなかった。

事前に、翔から「藤堂は仕事忙しいときは休むから、いないかもしれないよ。誰か適当な奴に声かけて聞いてみて」と言われていた。そして「でも、藤堂だったら俺から返しとくから無理に返さなくてもいいし」ともつけ加えられた。

だからどっちでもいいのだが——。

「藤堂？　東棟に用事がとかなんとか言ってたけど」

木内が考え込んで言う。

昨日一日だけしか知らないが、藤堂に対するみんなの対応は意外とおとなしいものだった。ルックスが目立つから耳目は浴びる。とはいえ女性陣が藤堂を取り囲むというわけではない。

いくら芸能人といっても、単館映画の邦画系脇役クラスだとそういうものなのだろうか。そもそも大学生ともなると理性も働くし、わーわーきゃーきゃーと騒がしくすることはないのかもしれない。

「東？」

「食堂来る前にそこで会ってさ、Ａ定食なんだったたって聞いたら、知らないって。んで、どこにいくんだよって聞いたら、ちょっと東棟って。……って、おい」

その会話から時間が経《た》っていないなら、偶然巡り合えるかもしれない。そう思って航は「ありがとう。捜してくるね」と木内にお辞儀をし、走ったのだった。

とはいっても学内は広い。東棟も広い。棟の両端に階段があるから、違う階段を使っていたら会えないまま別な場所にいってしまう可能性も高い。

そこは深く考えず会えたらラッキーくらいの気持ちだった。

が、タイミングというのはあるもので、ちょうど藤堂が階段を上っていく後ろ姿を見つける。

「あ……藤堂さ……じゃなくて、藤堂」

好きな俳優は、人間というよりキャラクターのひとつみたいな感覚だ。日頃、航は「藤堂櫂はやっぱり過去になにかあって傷ついた役やってると、いいよなあ」なんて脳内で考えている。

ただしその生身が目の前に出現し、会話ができるとなると「藤堂櫂は……」なんて言えないものだ。

そんな評論家みたいな言い方、本人を前にして言えるわけがない。かといって航にとっては友人でもなんでもないから敬称略も居心地が悪い。それでも翔はどうやら呼び捨てている仲らしいし……。

もごもごと呼称についてとまどっているうちに——藤堂はすたすたと階段を上っていく。長い足で一段飛ばしで上っていく藤堂の後ろ姿が、航の記憶を掘り起こした。夜の、酔っぱらいの踊り子みたいなあれ。子どもなのか大人なのかわからない、ただくるくると回ったり跳ねたりしていた、その姿が妙にツボに入った数分間。

だから立ち止まってしまった。

もうちょっと見ていたいと思ってしまった。

踊り場を曲がるときにちらっと後ろを振り返った藤堂に見つからないように、航はびくっと身を隠す。藤堂に見つかったところで問題はないのだろうけれど。

遅れて、こそこそとあとをついていく。

階段を上って、曲がる。藤堂が歩いていったはずの方向に視線をやると——藤堂がちょうどゼミ室のドアを開いたところだった。

ドアが視界を遮り、藤堂の顔は見えない。

でも声が聞こえた。

「弁当。忘れたから持ってきた」

藤堂のよく通る心地よい声。それに対する返事は、

「うわー。ありがとう。悪いね」

という親しみのこもった言葉だった。

「別に。来たついでだし」

「一緒に食べていくかい？」

「いい」

短いやり取りの末、ドアがパタリと閉じる。その一部始終を航は黙って聞いていた。盗み聞きする意図はなかったが結果的には、そう。

閉まったドアに向かい、藤堂がふうっと大きな吐息を漏らした。ため息のつき方と、脱力感が伝わってくる。藤堂はドアの向こうにいるだろう——弁当を届けたその相手に対して、情のある「やれやれ、まったく」という気持ちを抱いている。だって苦笑する横顔が、とても優しい。

——こういう顔もするんだ。

藤堂はたくさんの笑顔の種類を持っている。役者として演技しているときでも、そうじゃなく素のときも、彼は幾種類もの笑顔を作り、浮かべる。出会いからそうだった。

笑い方をたくさん持っている人はいいなと、そう思う。

誰かに対して自然と「やれやれ、困った奴」と感じさせる笑みを浮かべることができる人間は、信頼できる。

停止している彼の姿に、航は脳内でアテレコができる。「さて、と。用事はすんだし、じゃあいきますか」なんて——そういう独白が藤堂の立ち姿にピタリと収まり——そして——。

「あ……、小鳥遊？」

横を向いた藤堂の視界のど真ん中に、航が立っていた。

「あの」

目が泳ぎ、口がポカンと開いた。絶対にいま航はアホの子の顔になっている。やだやだ。

「いつからそこに？」

怪訝そうに聞かれる。

「お弁当を渡してるっていうところから」

「ってことはほぼすべて見て、聞いたのか。うーん」

藤堂は考える顔をしてから、すたすたと航に向かい近づいてくる。

「一緒に昼飯食おう」

そう言って、すれ違いざま、航のシャツの後ろ首のところに指を引っかけてきゅっと引いた。

うなじに触れた指に背中がざわっと粟立《あわだ》つ。

「ひゃ……」

飛びでた声が細く震えた。後ろに引かれ、転倒しかけて両手をぶんぶん振り回す。

「おい。なにその反応。そこまで驚くことないだろうが」

転びそうになった航の身体を、藤堂が受け止めて支えた。後頭部が藤堂の肩にこつんと当たる。

「だって。びっくりするだろ～。そんなの」

変なポーズでのけぞって後ろから抱き抱えられ、航はあわあわとパニックになる。「そんなのそんなのそんなの」と三回くり返してから、くり返しすぎだと言葉を止めた。

それまでパタパタと動いていた手を止めると、藤堂がぷっと小さく噴く。

「わ、笑わなくても」

と抗議したら、その先にあったけれど言えない、行き場のない「そんなのびっくりするんだって。顔も近いし。体温とか感じるし」という気持ちが頭のなかに急上昇して、顔が一気に熱くなった。

「ああ、悪い」

そう言いながらも藤堂はやっぱりまだ笑っている。

藤堂が、航の身体をそっと押し戻した。斜めに傾《かし》いだ身体をちゃんとまっすぐにしてから、くるっと向き合う。そうしたら当たり前だけど、かなりの近さに藤堂の身体があって、また同じに「そんなのそんなの」と無限ループに突入しそうになる。

「おまえ、アニメみたいな動きすんのな」

——そっちだって、子どもみたいにくるくる回ったりしてるくせに。

というのは言い返さず飲み込む。

「とにかく——昼飯食いながら話そうか」

くくっと笑いながら、藤堂が航の腕を引っ張った。

「なんで……」

そうやって接触してくるのかなと思ったけれど——でも藤堂のこれは無意識だろう。触られる度にいちいち狼狽える自分のほうがおかしい。ぶわっと赤くなる耳や頬もおかしい。

「手、引っ張らなくても逃げないから」

「あ？　そうか？　小鳥遊けっこう油断ならないからなあ」

放してと遠慮がちに言ったら、逆に藤堂は航の腕をつかむ力を強めた。

——もうっ。翔と藤堂さんってどういう感じの友だちなの⁉

ずるずると引きずられながら、航は「なるようになれ」と開き直ったのだった。

食堂でもなくカフェテリアでもなく誰も来なさそうな中庭に連れていかれた。夏季休暇は過ぎたがまだ蝉《せみ》の声もうるさく、陽光はじりじりと暑い。むわっとする外で、汗をたらしながら過ごしたいと思う学生は他にはおらず、ベンチはどこも空席だ。

先に座った藤堂がとんとんと隣の席を指先で叩く。ここに座れということだろうと、おずおずとそこに座った。

藤堂は鞄からコンビニのビニール袋と、弁当箱らしき包みを取りだす。

そういえば「一緒に昼飯を」という話だったっけ。とはいえ航は弁当派ではない。学食で適当なものを食べようと思っていたのだ。

「あ……、おまえって飯は、食堂でなんか食べようとしてた?」

航が言いだすより先に藤堂が気づいて問いかける。

「うん」

「そうか。じゃあ半分食え」

包みを開けると中は使い古された感のある容器。コンビニの袋から割り箸とサンドイッチ。

「でも」

という言葉の続きが口のなかで消えたのは——弁当箱の中身のせいだ。ハートの形になったプチトマトとかやはりハートの形の卵焼きに、スマイルマークをケチャップで描いたハンバーグ。ちまちまとしたおかず。彼女の作ってくれたお弁当だろうかと驚き、そのあとで「いや、でも藤堂がお弁当を手渡していた相手の声は男性だった」と首を傾げる。

「いまいろいろと頭んなかに浮かんでるだろ？　そういうの一回、全部消して」

まるで航の脳内が見えてるみたいな言い方で藤堂がさらっとつぶやく。

「あ……はい」

「ちなみにいつもこんなに食うわけじゃない。箸箱を忘れたことに気づいて途中のコンビニで箸もらいがてら買っただけ」

ビニール袋から割り箸を引き抜き、ポキリとふたつに折る。短くなったそれのひとつを航へと渡し、

「これで食え」

と言う。

考え込む部分がほぼなく、するすると即決で進む行動に、呆気にとられる。航だったら「弁当ないの？　どうしよう」で一旦《いったん》止まり、さらに次は「箸はふたりでひとつ使い回しじゃあ、不快かな。どうしよう」でまた滞るだろう。

「ありが……とう」

と受け取り、どうしてこうなっているかが謎のプチトマトを摘《つま》んだ。一回切ってから切断面をうまく合わせて爪楊枝《つまようじ》で留め、ハート形にしているようだ。細かい仕事だ。

「さっきのさ、桐島《きりしま》先生……あれ、うちの義理の父」

「え……うん。え？」

「弁当渡した相手な」

「う……ん」

そもそもここの学生ではないから桐島先生がなんの先生かも不明だし、顔も思い浮かばないが——それでも「桐島」と「藤堂」という名字の違いで親子関係が複雑なことは理解できる。うなずいていいのか、どうなのか。面食らったまま、プチトマトを停止させ固まった。

「入学前は親子じゃなかった。でも俺がここに入ってから親子になった」

「それって？」

「うちの母親の再婚相手。……トマト食えば？」

そう言って、空中で静止している航の手をつかみ、航の口のなかにプチトマトを押し入れる。

「む」

爪楊枝を口から取りだしてもぐもぐとプチトマトを食べると、呆《あき》れたような、おもしろがっているような顔で藤堂が笑った。

「ひな鳥みたいだな。ほら、こっちも食べろ」

卵焼きを箸で取って口元に運ばれ、

「自分で食べられるから」

と航は顔をそむけた。藤堂は「そりゃそうか」と肩をすくめる。

「小鳥遊は桐島の情報システム概論とってないよな。俺、とっちゃったから立場が微妙でさ。

親子だから成績よくしてくれるなんていうタイプじゃないんだけどさ、あの人。そういう融通がきく人間だったらあの年でまだ准教授止まりってこともないし、年くってるわりにふわっふわなうちの母親と結婚なんてこともなかったよっていうような……かなり不器用な人だよ」

そう言う藤堂の頬に浮かんだ「仕方ないよな、あの人」というような微笑を、航は見逃さなかった。閉じたドアの向こうを見つめていたときの、愛情が自然と滲みだしたような笑顔と同じニュアンス。

「ふわっふわって」

「この弁当見たらわかるだろ？　うちの母親……四十五歳で、桐島なんて五十五歳だよ。よくぞまあっていう愛妻弁当だろ。その手作り弁当を桐島が家に忘れたら、うちのオカン、涙目になっててさ。仕方ないから、俺の分も詰めてくれたら俺が桐島に届けるからって宥《なだ》めて……朝から大変だったんだって」

文句だけれど、でもまんざらでもないというような――惚気《のろけ》みたいな話しぶりだ。母親のことが大好きで、その母の再婚相手のこともかなり好きで――という気持ちが、言葉の端々から零れ落ちている。

まずいなあ、と思う。

航はこういう表情や言い方に弱いのだ。ツボなのだ。誰かのことをとても好きで信頼しているという感情が、裏側に透けて見える笑顔やまなざしを見せた途端、その人にぐっと心を揺り動かされる。

整った容姿とか、バランスのいいスタイルとか——そんなのはどうでもいいのだ。

自分以外の誰かを——なにかを大切に思える人が好きになる。そういう人の側《そば》にいると心があたたかくなる。一番大事にしなくちゃならない「信頼」とか「情」という当然の感情を、滴り落としながら生きていくそんな人のことが好きになる。

「……っていうのを、だ。見られちゃったから説明するけどさ、みんなには内緒にしといてもらえるかな」

「うん？」

どうしてだろうと聞き返す。

「あえて隠すようなことでもないけど、途中でそうなっちゃったから。俺が桐島の授業選択してないならまだよかったんだよな。今年前半、映画の仕事入ってたせいで出席不足なのはっきりしてってさ。でも落とすわけにはいかないから、しばらく学業に専念させてくれってマネージャーに頼んで必死で通学してるけど……どうなるかわかんねーし」

言いながら、弁当の白米を半分に分け「こっちがおまえ」と指示した。

「いや、別に僕は」

「まあそう言わず。見た目はこんなだけど味はそこそこだと思うよ」

「味も美味しいよ」

「だよな。卵焼きは甘いのに限る」

にっと笑って言う。柔和な形に細められた藤堂の双眸を見返す。どうしてか航の胸はトクトクと走りだしたかのように速くなっていく。

話をしたいからとここに連れてこられた事情はだいたいわかった。昼飯食べようは話をするための口実なのもわかった。この先は「内緒にするね」と応じ、航は航で食堂にいって自分の分の昼食を取ればいいだけ。

と思うのに——航は、一緒になって藤堂の弁当の中身をつつく。一緒にひとつの弁当を食べているこの状況がなんだか楽しくて——そして藤堂から離れがたくて——。

「小鳥遊には前に叱《しか》られたから言うけど。自慢じゃなく……俳優の仕事はじめてから、ちょくちょく『事務所紹介して』とか『芸能人のだれそれのサインもらってきて』とか冗談以上本気未満で言われること多くて。それにプラスして、桐島の義理息子ってことでも言われるようになったら、デリカシーがなくてこらえ性のない俺は、けっこう爆発しそうでさ。俺都合で悪い」

「あ……の、あれは、本気で働いてる人に向かって『読モくらいなら』って言ったのは、マズイと思う。怒ってもいいかなって。むしろ藤堂はそこで反射的にむっとするくらい、本気で仕事してるんだなっていうか……。ただ、無駄に他人を傷つけるような言い方はよくないなーとも思うけど……。どっちの気持ちもわかるし……」

翔に聞いた話を脳内で補足する。

「え?」

途端、藤堂が目を瞬かせた。

——うわあ。翔と違う、自分の意見を言ってしまった。翔のふりをしているというのに、まずい。

「だって……藤堂耀はきっと……俳優業が好きだ。見てたらわかるし」

航は藤堂が出てる映画とかドラマほとんど全部、見てるから。『劇団　クマ狩り族』が好きになったのも、藤堂が客演で一回だけ出たのを見にいったからで……。

藤堂耀という売り出し中の俳優を追いかけまくっているのだ。ファンなのだ。

——なんかこのシチュエーションすごい恥ずかしい。

「だから、その読モの話した女の人も藤堂に言われて『言葉が悪かった。ごめん』って言えばよかっただけだと……」

藤堂は「見てたらわかるって、それをおまえに言われるとかなり嬉しいな」とつぶやいた。

「そう?」

「だって小鳥遊は嘘言わないし、その場しのぎのことも言わないだろ。俺、おまえが、俺のまわりにうろついてた女子学生にピシッと一喝して『藤堂も学費払って大学来てるんだから勉強させてやれよ。ミーハーに騒ぐな』って言ってくれたの知ってるし。感謝してる。おかげで夏休み前から俺の周囲も静かになった。おまえに評価高いって、自信つく」

——それ、僕じゃない。

ピシッと言ったのも、嘘を言わないのも弟の翔だ。

言えば言うだけドツボだ。あわあわとして、これ以上はこの件についてはやめておこうと口を閉じる。

「つーかさ、桐島については俺がもうちょい成績よければ解決なんだよな。しばらくそーっと見守ってて。桐島の講義を選択してる奴らから、父親なら自分らの成績もどうにかしてくれよーって言って不可つけないようにしてくれみたいに頼まれる可能性も若干あるし……」

「うん」

「どうしてもってわけじゃないけど、できれば内緒にしといて欲しい」

「わかった」

うなずいた。じっと見つめ返してくる藤堂の顔が近くて、うつむいて白米を食べた。九月だというのにまだ秋の気配がない。じりじりと日差しが暑い。額から汗がつーっと落ちる。

「内緒にするっていうか、なにもかも忘れる。きみとのここでの会話とかみんな、次に会ったときには一切記憶にないかも……しれない。変な反応だったとしても気にしないで」

約束したから秘密にする。誰にも——翔にも言わない。ということは——次回、藤堂と会うとき弟の翔はこの会話のなにもかもを「知らない」状態だ。藤堂になにかをほのめかされても

「なにそれ。どういうこと」で終わる。

「小鳥遊」

「うん？」

視線だけ上げてちらっと藤堂を見る。藤堂の額にもじんわりと汗が浮いている。今日は「まだ夏を終えてなるものか」と太陽が言い張っているかのような残暑だ。

「小鳥遊って実は変な奴？」

「……うう」

「口調とかいつもと違うし、中二病のキャラみたいなこと言って。動き方も変だ」

「それは……」

翔の立場をまたそこねてしまったか。がくりとうつむくと、藤堂が
「飯ばかりじゃなく、おかずも遠慮しないで食え」

と真顔で言う。

ちょっとだけ笑った。そっちだって変な奴じゃないか。それに親戚のおじさんみたいな台詞だ。ルックスはワイルド系で態度も王様級だし、傲慢さが自然と滲むっていうのに——言ったりやったりするあれこれがたまに世話焼きの年長者みたいで——。

「そうだ。藤堂……これ、ありがとう。これ返したくて捜してたんだ」

ああ、と思いだして航は鞄からハンカチを取りだした。きっちりとアイロンされたそれを受

け取り、藤堂は「しかし暑いな」とつぶやいた。

流れた汗を返却されたハンカチで拭う彼の指の動きを目で追う。藤堂が航の顔を見返した。汗が気持ち悪いのか、眉間にしわを寄せ、不機嫌そうに唇を引き結ぶ。なにを見るというわけでもなく、すっと細めた双眸が色っぽいと思った。

多面体。ひとつの面を見て「こんな男なのかな」と思った途端、すぐに別な面を見せつけられる。くるくると変わる彼の新たな一面を知る度に、航は、藤堂櫂について「もっと知りたい」と思ってしまう。

うるさく鳴いていた蟬の声がすっと途絶える。

たまにそういう瞬間がある。みーん……みんみん……という鳴き声が一斉に消えて静寂が支配する数秒間が。

「蟬の深呼吸」

藤堂がそう言った。

「え？」

聞き返したと同時に、またすぐに蟬たちが騒ぎだす。まさしく深呼吸をして腹いっぱいに息をためてから大声で怒鳴りはじめたかのような勢いで。

「ああ、そうか」

うん。蟬の深呼吸だった。

ふと独白のように応じれば——藤堂が小さく笑った。「わかってくれたんだ」というような目をしていたから、それ以上はもうなにも言わなかった。

言わないまま——航は、自分の心にある片思い記録の番付表に「藤堂櫂」の名前を刻んだ。

4

好きになってしまった。それで終了なのは航のいつものパターンだ。

しかし相手は芸能人で、スクリーンやらテレビやらを眺めていればじわっと想いが湧いてくる。いつも出ているわけではないし雑誌によく登場するわけでもないのに、たまたまつけたドラマにちらっと出ていたりするのは運命のなせる業なのか。

画面の向こうにいる人はさすがに遠く、一緒にハートだらけの弁当を、短くなった割り箸でつついて食べたなんてことが夢みたいな曖昧さ。「あなたの好きになった人は想像上の産物ではありませんか」と心理学者に言われそう。

――あれももう一週間前か。

ハンカチを返したその翌日には、翔は学校に「おたふく風邪なので休みます」と連絡していた。だから航との取り替えっこ作戦は終了だった。

航が先におたふく風邪をひいているときに「念のため」と病院で受けた予防接種が効いたのか、翔の症状は航のそれよりずいぶんと軽い。

航が自分の学校にいき、途中で買い物をして帰宅して家事をして——翔はごろごろと室内で転がって時間をつぶし療養している。そんな一週間が経過した。

「……だから、おたふく風邪だって言ってんだろ。医者にOKもらえないと外出できないんだって。人にうつしたら問題だろう。店長がおたふくの抗体あるのは聞いたけど、お客さんにうつしたら困るし。は？　人がいない？　知るか。ボケ。あんたが働けばそれで済むだろ」

今日の夕飯はネットで見かけた創作うどん。

翔の頬の腫れが引いて普通に戻り、痛みなく食事ができるようになったお祝いである。

いろいろと翔に食べさせたくてふたり暮らしには過ぎる量を買い込んで帰りついたら、翔ががみがみと電話で誰かを叱りつけている。

「面倒臭いって……。あんたの店だろうが。そんな趣味だけで開いている店なら、面倒臭いときは閉店しとけ。『面倒臭いので休みます』って張り紙を店前に貼って。え？　なんでそこで俺の名前出すの？『小鳥遊翔が休みだから休みます』なんてマジで書いたら、二度と働きにいかないからな！　って、……ああ」

あー、と長くのばしてから「切りやがった」とつぶやいて、スマホを持つ手をだらりと下げた。発熱時より疲れきっている翔に、航は荷物を持ったままドア前でフリーズしていた。

「……んー、兄ちゃん、おかえり」

それでも翔は気を取り直したように航に笑顔を向ける。

「ただいま。翔、どうしたの？」

「バイト先の店長がとっとと働きに来いって電話してきてさ」

「おたふく風邪なのに？　学校ですら休養を認めると言ったのに……」

ブラック企業というわけでもなく普通のレンタルビデオ店だ。家の近所であることと、品揃《しなぞろ》えがマニアックなことと、品だししていない店長の個人所有のブツがよりどりみどりなことなどから、航もたまにそのビデオ店には顔を出している。

『レンタルビデオ　ワンペア』という昭和感漂うその店は、雑居ビルの奥でちんまりと営業されていた。ビルそのものの家賃収入で食べている店長が、趣味で出しているレンタルビデオ店なので、収入は度外視らしい。そんな店だから店長はあまり働かず、仕方ないのでバイトの翔ががばりばり働いている。だらっとやっていたらそれで済むのに、はじめてしまったからにはどうにかしたいと翔が必死で棚を見やすくしたり、ジャンル別にＤＶＤの札を作って分けたりしていた。

そうこうしているうちに、もともといたバイトたちはいなくなっていた。なにもしなくていいだらけたバイトだったのに、客が来だしたのでこれじゃあ困るという理由で。あまり高いバイト料ではなかったため、ぐだぐだできないなら他の仕事のほうがましだと。

「別に他の奴らを追いだしたかったわけじゃないのに」と、しおしおとしおれた翔が、責任をとって他の人間の分も必死で働いていたというのが昨今の状況で——。

「寂しいから来いって。あの男、仕事をなんだと思ってるんだか」

そう言って翔は「兄ちゃんお願い。ソファにあるクッション、下に置いて」と言う。わけもわからず素直にクッションを翔の足もとに置くと、翔は「うきーっ」と叫んで、スマホをクッションめがけて叩きつけた。

すぽっと音がしてクッションにスマホがめり込む。

「腹立つ腹立つ腹立つ。けどスマホ叩きつけたらスマホ壊れるしああもうっ」

と呻いている翔の様子に航はおろおろと、スマホを取り上げた。セットしてと事前に頼んでから叩きつけるところが翔だなあと思いながら。

「バイト先の人、翔以外みんな辞めちゃったんだったっけ？」

「そう。でも店長がちゃんと働いてたら、俺いなくても少しは店が回ってるはずなのに。っていうか働こうと思えば働けるはずなのにあの男ときたらっ。そりゃあ本業は不動産業だって知ってるけど。店開いてるんだから店もちゃんとやれってばーっ」

むかむかとした言い方で翔が言う。眦《まなじり》を決して、口を尖らせて「あのクソ店長」と怒っている。

航は脳内でそっと「クソ店長」の姿を再生する。体格がよくて、顔つきもきつくて、いつも無精髭で寝癖のついた三十路男に、翔はしょっちゅう怒りを露《あら》わにしていた。

特別会員になったら「店長のおすすめの個人所有のブツを、無償で貸してくれる」という謎の店だ。ちなみに特別会員とは「店長と友だちになる」という意味である。

全体にすべてがテキトウなのだった。

航も、翔によるその友だち割引的ななにかの恩恵で、テレビドラマ版「R＊U＊S＊H」の海外版を店の二階で見せてもらったことがある。映画版ではなくテレビドラマ版に興味を示した航に、店長がほくほくと「翔くんの兄さんなら仕方ないな。ちょっと見てきな」と二階にあげてくれた。

テレビドラマ版「R＊U＊S＊H」はマスターテープの劣化が理由で、日本では再放送がままならないらしい。海外版でDVDが発売されているが海外版だとリージョンコードが違い、輸入しても日本の機器では見られない。

それを見るためだけに違うリージョンコードに対応する機器を二階の私室にセットしているというのが店長のマニアックさのひとつであり——全体に「そういう」店だった。なんだか品揃えがぐだぐだで、趣味に走っている。

「それこそ……僕が代わりにいこうか？」

大学に代理にいくより、ずっと気楽だ。店長とは何回か会っているし。

「え？　兄ちゃんが？」

「あ……いや、無理かな。ポンといってできるような仕事じゃないよね。翔は慣れてるからさくさく働いてただけで」

「いや。とりたてて難しいことしてないよ。レジで金勘定さえ間違わなきゃそれで。それに間違っててもあの店長は笑って許すし。そこが……問題なんだけど」

あああ、と嘆息する。拾い上げたスマホを手渡すと、翔はそろりと航を見返した。

「でも、いいの？」

「いいよ」

「俺が休みのあいだ毎日ってことになっちゃうんだけど？」

「僕はバイトもしてなかったし、大学にいってる以外は自由だし大丈夫」

「……頼もうかな。あの人、まったく役に立たないから……。一応、週の決まった曜日に借りに来てる常連さんもいるからちゃんとしてて欲しいし。兄ちゃんに見張りにいってもらおう」

店長に対してバイトが言うような台詞ではないが、そう言って翔はスマホで店へと連絡を取ったのだった。


その後、航は翔に「コンタクトをつけていってください」と頭を下げられた。

理由は——「店長が眼鏡萌《も》えで、兄ちゃんは眼鏡かけると可愛いから」だそうだ。

「萌えっていったって、誰が眼鏡かけててもいいってわけじゃないだろうし」

と言い返した航に、翔が真顔で、

「そういうもんじゃないんだよ。あの変態店長は、眼鏡に萌えすぎて、むしろ眼鏡を本体だと思ってる節があるくらいで」

と訴えた。

「ちょっと言っている意味がわかんないんだけど」

「あの店のアダルトコーナーの棚見たらのけぞるってば。眼鏡しかいないんだ。本気の眼鏡好きなんだ。だから兄ちゃんはコンタクトでいって」

「だけど前に会ったとき僕、眼鏡かけてたから。別に」

「それなんだって。それでテンション上がっちゃって、俺にも眼鏡かけさせようとしたり……。って、それはいいんだけど」

翔はぎゅうっと眉間にしわを寄せ、どんどん不機嫌そうになっていく。

「眼鏡キャラな兄ちゃんに……なにかあったら、俺、むかつくし！」

ぐっと握り拳《こぶし》を固めて言われ、最終的にうなずいた航である。

納得できないが、どうしても眼鏡じゃなければ困るわけではない。コンタクトを装着し、身代わりではないからほくろは隠さないで出かけることになった。

翔にうどんを作って食べてもらってから『レンタルビデオ　ワンペア』にいく。徒歩三十分の距離。翔はいつも自転車でいくが、航は自転車も苦手なためてくてくと歩く。都会はどこにいっても人が多いから、歩行者も車も避けて走ろうとすると、どこを走ればいいのかわからなくなるのだ。下手にぶつかって迷惑をかけることになるより、いっそ乗らないほうがましだと思っている。

レンタルビデオ店といってもいまどきはＤＶＤ、さらにブルーレイに流れがうつり、そもそもビデオなんてない――はずなのだが、この店にはある。名前だけは知っているがピンとこないレーザーディスクというものもある。

通りに面してすらおらず、ビルの一階奥。客が来ることを拒んでもいるかのような店だった。そもそも翔がバイトをはじめたきっかけも、とある店で翔を見かけた『レンタルビデオワンペア』の店長が声をかけたみたいな、ぬるさだったと聞いている。正規にバイトの募集すらしなかったのだ、と。それで働く気になった翔も翔だったが――。

思い巡らせているうちに店に着いた。自動ドアが開き、店内に足を踏み入れる。

「いらっしゃい。よく来たね」

店長はレジ前でくたりと座り、煙草《タバコ》をくゆらせていた。およそバイトを迎え入れるのとは違う言葉を吐いてニッと笑う。今日も無精髭が浮いている。

首まわりののびたＴシャツや、無造作に適当にのばしているのだろう髪型が、ぎりぎりのところで「だらしなさ」に傾かないのは、骨格のはっきりとした美丈夫な見た目によるところが大きい。険のある目つきには、ときどき年齢相応の雄の色香が滲む。

無表情だとどうしても威圧的になるのを本人も自覚しているのだろう。店長は基本、おちゃらけた表情を作ることが多い。

翔に文句ばかり言わせている店長ではあったが、近づく航を見て、すかさず煙草を揉《も》み消す気遣いのある大人の男だ。

「あ〜。眼鏡じゃないんだ」

というのが「よく来たね」のあとに続く。

「はい」

「眼鏡萌えなのにな俺」

肩を落とす店長に笑って返した。

「はい。翔に聞きました。眼鏡が本体だと言い張るくらいな眼鏡好きなんだそうですね」

「……翔くんが、きみの眼鏡を阻止したんだな。つまり」

店長は真顔だった。真顔だと、微妙に怖い。仕方なく航は「はは」っと笑ってごまかす。

「まあいいか。この鬱憤は翔くんで解消させてもらおう。次に翔くんに会ったときに眼鏡かけさせる」

「はあ……」

「で、なに見る？　航くんの好きそうなブツ選んどいたんだけどさ」

ひょいと視線が傍らに移った。航はレジの横にどさどさと積み上がっているＤＶＤを見て絶句した。

「働きに来たので……」

「客来ないよ？　なんなら『面倒臭いから今日は閉店します』って張り紙してもかまわんよ。ちなみにこれは翔くんの提案」

電話でそんなことを言っていたが提案したわけではないのでは？

「リアルにそれ実行したら、翔が火みたいに怒りますよ？」

「だよね。あの子、真面目だもんなあ」

頬杖《ほおづえ》をついてうっそりと笑う店長に、航は苦笑を滲ませた。このつかみどころのなさに、翔はいつもむきになっているのだろう。

「えーと……ロッカーって奥でしたっけ？　着替えてきますね」

「え。生着替え？　なにに着替えるの？」

「……翔はいつもエプロンをしてたと思うんですが」

「あれ、うちで支給したもんじゃないよ。翔くんが自主的に購入して着替えてただけで。あ、エプロン代はちゃんと店から支払ったよ。バイト代に上乗せで。なので別に着替えなくても」

そういえば店長はいつもデニムにシャツ姿で、ぐうたらしている。黒いエプロンをつけてくるくる働いていたのは翔だけだったような……。

「……そうですか」

「翔くんのロッカーんなかだと思うけど、たぶん鍵《かぎ》かかってるんじゃないかな。黒いエプロン、俺もそれつけないと店員なんだか客なんだか判断しづらいからつけろって言われて渡されたはず。とりあえず、捜してくるわ」

店長が首を傾げながら奥の部屋へと入っていく。航はその背中に「はい」と気の抜けた返事をした。

くるりと振り返った店長が「なんでついてこない？」と聞くから、

「レジにお金の入ったまま無人にしてはいけないんじゃないかって……」

と応じる。

店長は「双子揃って真面目だなあ」と、店長としてどうなのかというような独白を漏らし、からからと頭を掻《か》いて歩いていったのだった。


店長がどこかから調達してきてくれた黒いエプロンがしわだらけだったので、結局、着用はやめた。しかも店長は最終的に「ちょっと出かける」と言い置いて、ふらっと店を出ていってしまう。

ちょっとというから数分単位のものかと「はい」と見送ったが――そのまま一時間経過しても店長は戻ってこない。

壁にかけられた時計の分針を睨みつけ、航は頭を抱えていた。

客が来たらちゃんと対応できるだろうか。レジの扱い方は聞いたけれど。

店のドアが開き、航は慌てて入り口を見て、

「いらっしゃいませ」

と声を出した。

入ってきたのは、深めにキャップをかぶった、すらっとした長身の男だ。鼻から下だけで「美形だな」と感じさせるのは、鼻梁《びりょう》や頬から顎、顎から首へのラインがすべて美しいからだ。

ふっとレジへと視線を向けた男の顔に、航は思わず息を飲む。

「と……藤堂燿」

藤堂はすたすたとレジに近づき、

「小鳥遊……なんでそんな顔？」

と、怪訝そうに聞いてきた。

「だってこんなところで会うなんて。家、近所っていうわけじゃないでしょう？」

繁華街じゃないし大学の側でもない。店長には悪いが特に有名な店でもないだろうに、どうしてここに？

「小鳥遊が、他の店じゃ扱ってないようなＤＶＤやブルーレイがレンタルされてる店だからって手書きのショップカードくれたんじゃないか。なに言ってんの？」

「そ……」

そうなんだ。

「カード渡されてから時間経ってるけどな。夏休み前にくれたんだっけ」

「藤堂は……忙しいもんね……」

藤堂の話しかけている「小鳥遊」は弟の翔で——と思って頭が混乱してくる。どうして眼鏡をかけてこなかったんだろう。そうしたらなにげなく「いや、自分は翔の兄の航なんです。実は双子で」と言えるのに。

というか——言ったっていいじゃないか。

いま。

「……小鳥遊、そんなところにほくろあった？」

打ち明けようとしたそのときに——藤堂の指が航の目元のほくろに触れる。

声にならない悲鳴が零れ、がくんと膝《ひざ》が崩れ落ちそうになった。くすぐるみたいに触れた指が、慌てて遠ざかる。

「ひゃっ」

「そんな赤くなるようなこと、俺、した？」

かーっと火照《ほて》る航の顔を見下ろし、藤堂が呆気にとられたように言う。

「だって……いきなり」

レジの後ろの壁際に追いつめられたように背中を押しつけた。とにかく藤堂からできる限り遠くに身体を離したい。恥ずかしくて死にそうだ。頭でっかちと言わば、言え。仕方ないじゃないか。航は片思いのベテランなんだから。好きになった相手に、泣きぼくろをさりげなく触られるなんてシチュエーションで動揺しないわけがない。

「ちょっと待って。おまえさ」

藤堂が目を細め、空中に片手を掲げたままつぶやく。

「な、なにを？」

「あ、だから別になにかを待てっていうんじゃなくて。ただ……耳まで赤くされると、触ったこっちが驚くだろ。なんでそんな反応」

「ごめん」

意識しすぎだ。わかってる。

赤くなった頬が熱くて、航は両手で顔を挟んでうつむいた。

「謝られても」

「と、藤堂はなんかあると『待て』って言うんだね」

なにかを待たせるっていう意味じゃなくて「えー」みたいなニュアンスで。待たせてるあいだになにかを考えて整理しているような？

「たしかに。そうかも」

口は勝手に動いている。本当にどうでもいいことをつぶやいている。

けれど、じっと見つめてくる藤堂の視線で、心臓が灼《や》き切れてしまいそうだ。ばくばく跳ねる鼓動に「落ち着け、落ち着け」と脳内で声をかける。静まれ僕の心臓。そう口のなかで言ったら「ああ、これってなんだか中二発言っぽい？」なんて無駄な突っ込みがポカンと浮いて出た。

レジ台を挟んで向かい合って立ち――航は顔を上げられない。いま藤堂の顔を見たら、さらにもっと体温が上がる。落ち着かないと、と、呪文のように胸中で念じ、静かに呼吸を整える。

「小鳥遊……しばらく大学来てないみたいだったから顔見に寄った。もう一週間くらい出てきてないだろ？」

「え？」

「元気そうでよかった。休む前のおまえ、変だったからさ。気になって」

――変だったのは僕が入れ替わってたせいで……。

「優しいんだね」

よし。もう大丈夫。そう思って視線を上げ、藤堂を見つめ返して言う。

「はあ？」

藤堂は、気抜けた声を出して眉をはね上げた。

「わざわざ様子見に来てくれるなんて優しいんだなって」

と、二度くり返して告げてから――胸がチクチクと痛む気配を感じる。藤堂が気にかけてここまで足を運んだのは、航じゃなく弟の翔を心配したからだ。たった二日間、翔の身代わりで通学した航の存在を、藤堂は知らない。

——どうせまた片思いなんだもの。

別に言わなくてもいいのかもしれない。自分が双子の兄ですなんて名乗る必要ないかもしれない。

なんでそんなふうに血迷ったのかわからないけれど、瞬間、航はそう思ってしまった。

——だってこんなの、もっともっと好きになっちゃうじゃないか。

知れば知るだけ好きになるかもしれないじゃないか。ちょっと好きかなから、たくさん好きだなにあっというまに変わっていく。まだ会って四回目で、こんなふうになる。

だから知り合いたくなんてないし、すれ違ったままでいいし——藤堂櫂は、弟の友人で、テレビやスクリーンの向こう側の人で——自分には無関係な人で——。

頭のなかに一気にいろんな映像が駆け巡る。出会いのときの夜の姿や、大学でハンカチを差しだされたときのこと。割り箸をポキリと折ったときのしなやかな腕の筋肉。そしていまさっき航の目元にすっとのばされた長い指。

翔に「デリカシーがない」と言わせた行動も、航からすると、納得できるもので——。ちゃんとやりたいと思っている仕事に、茶々を入れられるような言い方をされたら怒ってもいいと思うし、怒ったときにはすぐに態度に出していいと思うし。そういうある種の「瞬発力」みたいなものは、航にはないから羨《うらや》ましくてまぶしいし――。

上目遣いでおずおずと藤堂を見つめる。

「小鳥遊の、その顔さ……」

と言ったきり藤堂が絶句した。

「なにが？」

「いや、なんでもないけどさ」

藤堂は苦笑し、続けた。

「うちのマネージャーの言うとおり、おまえは逸材かも。その目つきとか、表情とかいろいろとヤバイ。前からそんなだったっけ？」

「ヤバイって？」

「俺、このレジ台なかったら、血迷っておまえのこと抱きしめた気がする。なんか可愛くて」

「ばっ……」

なんだそれはと、今度こそ一気にすべての血が上昇した。活火山みたいに頭から火を噴きそうな勢いで、全身が熱くなる。可愛いとか、抱きしめた気がするとか。

「そんな引かなくてもいいだろうが。しなかったし――しねーよ。してないから言える台詞だろうが」

「そっか」

そうだよなあ。

ほおっと吐息を漏らしたら、藤堂が肩を落とす。

「おまえ、なんなの？　ボトルの形だけ同じで中身入れ替えちゃったみたいで……」

「なにそれ？」

「キラキラした硝子《ガラス》の瓶の外側が同じで、中に入ってる液体が違っちゃったみたいに見える。夏休み前は、百パーセント果汁のオレンジジュースが入ってたのに、いまはサイダーみたいな？　そっくりなのにパッと見で、反応がまったく別物っていう……変な感じだ」

言い得て妙——と感心してしまった。かねてより自分が翔と自分について感じていたことをうまく喩《たと》えている。藤堂のこういうセンスが好きだ、と思う。

彼の芝居には、彼の物事の解釈が出ているようにも思う。だから航は藤堂の演技が好きで、見てしまうのかも。

ただ、そうなると自分はサイダーなのか。炭酸入りで小さな泡がたくさん浮いていて、甘い、夏の飲み物。藤堂の目にはそう見えるのか。

「ちょっと挙動不審な感じが炭酸？」

「そう」

聞いてみたら、藤堂がくしゃっと笑った。

「そうか」

返した航の心の底に、小さな泡がぶわっと集っていく。シュワシュワと全身に満ちていくくすぐったく甘い感触は、恋の味だ。だとしたら藤堂は、航が藤堂を好きになってしまったことにも勘づいている？　それでサイダー？

見つめ合って――どうしよう、なにを言おうかと口を開きかけたとき――。

店の自動ドアがびゅーんと開く。

店長だった。

「……あれ、お邪魔？」

ぬっと現れて、ざわざわするふたりの空気を一気に砕いた店長の片手には、眼鏡があった。

「いえっ」

航はぶんぶんと首を横に振る。

「もしかしてお客さん？」

「はいっ」

今度は縦にぶんぶん振った。

「じゃあお邪魔じゃないか。いらっしゃい。なににしましょ？」

うん、とひとりでうなずき、へらりと笑った店長に、藤堂が眉をひそめた。さっきまでの柔らかさが消えて、ガキンと音がしそうに不機嫌な顔つきになっている。

「店長、それ違う店みたいです」

航はぱたぱたと店長に駆け寄って言う。なんとなく藤堂と向かい合うのが気詰まりだったから、店長のいる方向へと逃げた。

「いい品揃え用意してますよ」

ニッと笑った店長が、ひょいと航に眼鏡をかける。

あ、と思ったが——度の入っていないレンズだ。リムレスの眼鏡をかけさせられ、きょとんと首を傾げて店長に尋ねた。

「あの……なんですか？」

「んー。そんなんかあ、なるほどね」

固まった航に、店長はひとりで納得している。藤堂がそんなふたりのやり取りに割って入るかのように、

「で、どういう品揃え？　おすすめは？」

と航へと少しだけ尖った声で言った。

「おすすめは……店長？　なにがおすすめなんでしょうか？」

航に聞かれてもと店長に助けを求める。

「あー、そのレジんとこに置いてあったやつが、一応おすすめ」

航に「見よう」と言って積んだきりのＤＶＤを顎で指し示し、店長が返す。航は眼鏡をはずして店長に渡してから、レジ台に戻った。

「じゃあ、これとこれと……って……こっちはうちにもあるから、いいや」

最初はなにかに怒ったかのようだったが、途中から真剣になっている。

「……『エネミー・オブ・ユー』だ」

見たいと思っていたタイトルを見つけて口に出すと、藤堂が航をちらっと見た。

「俺、これ借りる」

すっとＤＶＤを傍らに引いて置き、続けて言った。

「小鳥遊、バイト終わったら、うちに来て一緒に見ないか？」

「ええっ？」

「何時に終わる？」

答えられずにおろおろと時計と店長と床と壁とをぐるぐると見渡した。店長が近づいてきて、

「十一時半くらいかな」

と航の代わりに答えた。

「じゃあその時間に。身分証これでいい？　会員になっとく」

おたついている航より先に店長が藤堂の身分証を受け取り、会員証作成の書類を差しだした。

「あの……僕は……」

言いかけた航に「これコピーとってきて」と身分証を渡す。そうされると「はい」と言って働くしかない。

店長がさくさくとレジを打つ。

最終的に店長は藤堂にＤＶＤを渡し、

「じゃあ、また十一時半にね」

と、藤堂を店の外に送りだした。なぜそれを航ではなく店長が言うのか？

航は何度も藤堂の誘いを断ろうとしたが、口を開ける度に店長がさっと身体を滑り込ませて遮り続けたのだ。

「店長……いったいどうしてこんな？」

藤堂が去ったあとで途方に暮れてつぶやいた航に、店長が肩をすくめて笑った。

「なんとなく。だって航くん、いきたそうな顔になってたから。もうちょっと話したいなあって顔してたので応援してみただけ。話の合う友人って、大事にすべきだと思うよ？　航くんが芝居とか映画とか好きだっていうのは俺もよーく知ってるしさ」

「そんな顔してました？」

おずおずと聞く。さすがに年の功？　ばればれでしたか？

「してた。――きみたち、似てないのかなと思ったら、やっぱり双子だね。翔くんはもうちょっと意地っ張りで、気持ちを顔に出さないことが多いけど。きみのほうがわかりやすい分、質が悪いかも」

「あの。質が悪いって？」

「髪の毛と同じくらい、態度もふわふわしてるから——オジサンはうっかり、かまいたくなるってこと。両親に大事に育てられたんだろうねえ。純粋培養だ」

「トロいっていう意味でしょうか」

「そうだね。たぶらかしたりできそうな感じ。翔くんに聞いてた、昔、誘拐されかけたっていう話もさもありなん。でもこういう子のほうが決定的に危ない目に遭わないようにできてるよな。世の中ってのは」

　感心したようにそう言ってからあらためて眼鏡を押しつけられる。

「はい。いるあいだは、それかけて仕事してね。俺、この店、趣味でやってんだから！　趣味な以上、働いてる子も俺の趣味で統一したいんだ。わかった？　眼鏡かけて！」

　とんでもないことをきっぱりと言い切られ、航は、引き攣《っ》った笑いを浮かべた。

※

　バイト終了の時間に、本当に藤堂が迎えに来てしまった。航はずるずると「自分は双子の兄である」ということを言いそびれたままだ。

　翔には途中で電話をして「そんなわけで藤堂櫂のところにいくことになったから帰りが遅くなる」と伝えた。「とんでもない。いいから帰ってきて。なんでそんなことに」等々と慌てた翔を宥めたのは、なぜか店長だった。途中で電話をひょいと取り上げ「かわいそうな留守番おたふく風邪くんの看病には、俺がいってやるからさー」と話しかけ、言い争い（というより、店長がひゃらひゃらと言い負かし）――最終的にげらげらと笑って「切られた」と携帯を航に放って寄越した。

が――その後、どういうわけか翔から「留守番してるから、いってきていいよ」とメールが入っていた。

なんだかわからないが店長のこれは特技だ。猛獣使いみたいに、気づいたら、いいようにあしらわれ、双子ふたりともに店長の意のままになっている。別に翔も航も猛獣ではないのだけれど。

さらに驚いたのは迎えに来た藤堂がバイクに乗っていたことだ。

ヘルメットを渡され「乗れ」と言われ、バイクの後ろにまたがる。

ぶるんというエンジンの音と、振動が伝わってくる。

「つかまってろよ」

そう言われ、こくこくとうなずく。

実際、つかまらないと振り落とされそうな気がし――藤堂の背中にそっと手をまわした。

最初はおそるおそる。でも走りだしたら、横をすり抜ける車の勢いに身がすくみ、自然とぎゅうっと藤堂の背中に身体を押しつけていた。近いなあ、と心臓が跳ねる。好きになった人の身体にこんなふうに接近する機会なんて、めったにないなあと思う。

カツンとぶつかったヘルメット。横を向くと、車のライトや街の明かりが流星みたいに光って遠ざかっていく。

はじめて見たのに既視感のある景色に目を細める。テレビのなかや映画で、こうやってびゅんびゅん飛んでいく光の残像の光景を見た。

けれど風は——風の勢いと涼しさは、リアルに体感しないとわからないことだった。

首筋や、ヘルメットの下から覗く頬に当たる風の感触と、髪が顔の横でふわふわと揺れる感じ。そして藤堂の腰に手をまわし握りしめる体温。硬い背中にヘルメットがコツンと当たるときの音。なにもかも。

好きな人がいる。

その人に触れている。

心臓の鼓動が馬鹿みたいに速くなる。

——好きって……言いたいなあ。

唐突にその気持ちが湧き上がった。なんでだろう。いままでずっと、片思いのベテランだったのに。好きになった人はみんな他の人のことが好き。だから告白なんてしないで、苦い恋を飴玉《あめだま》みたいに口のなかで転がして「それでも、苦いなりにこの飴は美味しいよ。だって飴だし」と達観していた航が——。

たった一歩踏みだせなかったその足に、重力がかかった。バイクのスピードで、航の恋が加速した。

——寂しいなって思ってたあの夜に、笑わせてくれたこの人が。

いまここにいる。自分はその相手に触れて、しがみついてすらいる。奇跡じゃないか。これって。

航には親がいて弟がいて少ないけれど友人もいて大学に通っていて未来がある。ないものを数えるより、手元にあるものを数えるべきだ。恋人だってきっとできるだろう。いまはいなくても、努力さえしたら。

言ってみたらなにかが変わる？

玉砕を厭《いと》わずに告白する努力をしたら、いつか——。

頭を殴られたみたいな変な衝撃があった。思いついた言葉のインパクトに心臓がさらに高鳴った。いつかって、いつ？　どちらにしろその——告白したい相手に、いま、航は抱きついているのだった。

5

しかし――。

そういえば藤堂《とうどう》は手作りの弁当を持参して通学していたのだった。

一軒家に辿《たど》りつき「あ」と声を出す。車庫にバイクを押し入れ、車庫のなかにあるドアを開けた藤堂が、

「こっからでも入れるから」

と差し招いたときに「そういえば家族が！」とやっと思い至る。だいたいいつも航《こう》の思考は巡るのが遅い。もうちょっと高速回転したい。

「夜遅いし、家族の人もいるし。いまからＤＶＤ鑑賞なんて迷惑なのでは？」

「まだ十二時前だよ」

「けど部屋の明かり消えてたよ？」

「ちょうど寝たところなのかもね。俺の部屋で見れば平気」

「でも……」

「ここでもたもたしているほうが迷惑だ」

言われてみればそうで——手をぐっと握って引っ張られれば、航は言い返せない。

「お邪魔します」

小声で言い、足音をしのばせて入っていくと、藤堂は「そこまで音に気を使わなくても」と苦笑した。

藤堂の後ろについて階段を上ると、ぎぎっと軋《きし》んだ音がする。いちいちびくついていたら「だからそこまで気を使わなくても」と小さく笑われた。

藤堂はそのまま笑いを長引かせ、部屋のドアを押し開けてくれたときもずっとくくっと声をあげている。

「なんでそんなに笑うんだよ〜」

「なんかおもしろいんだ。つついたら反応するおもちゃみたいで」

「……おもちゃ」

もっといいものに喩《たと》えられたいなんて、肩を落としたまま部屋に入った。炭酸とかおもちゃとかに喩えられる二十一歳男子。ぼんやりしているのに慌て者ということだろうか。納得してしまえる部分が情けない。

「小鳥遊《たかなし》ってそんなんだったんだな。ツボすぎる」

「そんなんって……どんな。って、言わなくていい。傷つくから！」

これ以上、妙なものに喩えられたくないからと「うー」と両手で耳をふさいだらさらに笑われた。たしかにこの態度は子どもっぽいかも。情けない。

「傷つくんだ？」

「当たり前だよ。ファンだった人に、どんどん変なものに喩えられて」

「え……。ファンだったの？」

藤堂が目を丸くした。あ……と思う。ファンなのは航であって、翔《かける》ではない。狼狽《うろた》えて視線をさまよわせると、藤堂が空気を読んで話を逸《そ》らした。

「仕事のせいで俺、生活時間が不規則だから。親もそこは気にしてない。まあ迷惑なんだろうから、そろそろ実家を出て暮らそうかって準備はしてるんだけどね」

ぱたりとドアが閉じられる。照明のついた室内は八畳くらいか。広めの部屋にベッドとテレビ。床に放置された本に藤堂が手をのばす。ざっとひとつにまとめ、積み上げていく。タイトルからしてわからない「マテリアル工学入門」は勉強用か。適当に散らばっている生活感に好感度がより高くなる。整理整頓《せいとん》されすぎているより、航にはとっつきやすい。好みの問題で。

「あ……その本」

ひとつの山に積み重なっていった文庫本のタイトルに、航は声をあげた。ちょっと癖のあるライトノベル。

「なに？」

「読みたかったやつ」

「貸すよ」

ぽいっと渡された本は、軽いけれどなんとなく重い。藤堂の部屋で向かい合って、本の貸し借りとかできてしまうのかと思うと、なんだか途方に暮れかけた。

接点がなくて遠かった「通りすがりの人」で「スクリーンの向こうの人」が身近になりすぎて、つらい。嬉《うれ》しいけれど、落ち着かない。しかも航はずっと、弟の翔のふりをしたままだ。

「勉強していたの？」

言いながらも頭は別なことを考えている。当たり前の普通の家の明かりの下であっても、藤堂の顔立ちは整っているなあ、とか。指が長くて綺麗《きれい》だなあ、とか。どこに立っていても──座っていても──存在感があって、視線を惹《ひ》きつける男だなあ、とか。

思わず拍手したくなる。そういう感じ。

「してた。小鳥遊を待ってる時間つぶしに勉強してたよ。ほら、そっち座って」

「時間つぶしって。つぶせるほどの時間ないでしょう？　二十四時間しかない。藤堂さんみたいな過ごし方してたら足りないはず。なのに一緒に見ようなんて言ってくれて、嬉しい。ありがとう」

「……調子くるう。小鳥遊じゃないみたい」

かりかりと頭を掻《か》いて、ついっと航の身体《からだ》を押した。

テレビに向かい、床に座る。DVD再生の用意をしてリモコン操作した藤堂が「なんで正座」とつぶやく。

「あ、じゃあ」

「もっと楽にしていい」

かしこまって、身体がカチンコチンになっている。体育座りに直したら今度は「なんで体育座り」と同じニュアンスでまた指摘される。

「どー……んな座り方してたっていいじゃないか～」

「まあそうだけど」

そういう藤堂はあぐらをかいてベッドにもたれかかって座っている。

「ベッドによりかかったほうが楽だろう？」

こっちに来たら、と指し示されたのは藤堂のすぐ隣だ。意識してしまって頰《ほお》が火照《ほて》る。

「いい」

と首を横に振ると「ふうん」と言った藤堂がひょいと移動して、航の横に座り直した。

「な……んで」

「話が遠くなるから。別に声が届かなくなるほど広い部屋でもないけど、でもさ」

DVDがスタートし、別作品のCM映像が入る。画面に集中しようと思っているのに、藤堂が気になって仕方ない。ちらちらと横目で見ると、藤堂も画面ではなく航のほうをじっと見ている。

「な……に？」

じわっと熱されているような気がした。心臓のあたりで気持ちが高ぶって、頭のなかまで火照っていく。

「さっきあの店で、眼鏡かけてたの見て思ったんだよな。おまえは、自分じゃないし人違いだって言ってたけど……やっぱり似てるんだよなあって」

「え？　誰と？」

「だからー、前に言っただろ。雪降った夜に近所の公園で、小鳥遊にそっくりの奴《やつ》に会った話。そんときは相手が眼鏡かけた小鳥遊だと思ってたからさ——知らない相手じゃないしって、まあいいか馬鹿みたいでもって、俺が雪にくるくる浮かれて回ってたっていうアレ」

「あ……の」

——覚えてた？

航の記憶と藤堂のそれがつながった。

それを見たのは自分だよと、言いたい。すごく言いたい。前のめりになるくらい言いたいのに——翔のふりをしているから言ってはいけないのだろうか？

「マジで似てたんだ。翌日になって、なんで小鳥遊あんな公園にいたの、近所なのって聞いたら『なにそれ、知らない』って言われてびっくりしたくらい」

まさしく「なにそれ、知らない」だ。

——どうして翔は航にその話をしてくれなかった⁉

いま言わなきゃ。

自分が翔ではないことも同時に言わなきゃ。

「それ……僕だ」

「やっぱり？　他人のそら似にしても似すぎてると思ってた」

藤堂の眉《まゆ》が驚いたようにきゅっと上がる。

「でも人違いだって言われたら、そうなのかもなとも思ってたけど。眼鏡のせいなのか、あのときの小鳥遊は妙に子どもっぽく見えてたし」

「子ども……？」

同じ年なのになと恨めしく思い、口ごもる。

「そっか。あれ小鳥遊だったんだ。すっきりした」

晴れ晴れと言う。そんなにあの夜の自分は印象深かったのだろうか。航にとっての藤堂くらいには？

「あのね、あのとき藤堂はどうして公園にいたの？」

「どうしてって」

別にたいした理由は、と話を逸らしかけてから思い直したようにして藤堂が、ぼそっと続ける。

「小鳥遊には、こないだ伝えたから、いっか」

「こないだ?」

「うちの事情。公園にいたのは……まだうちの母親と桐島《きりしま》が入籍する前で、あの日、デートしてやがったの奴らが。それが嫌だったとかそういうんじゃないからな。ただ、桐島は責任感が強くて、夜遅くなったらうちまで送り届ける……のはいいとして、その前のデートのときたまたま帰り際かち合ったら、奴らラブラブだったから……。交際も再婚も反対はしてないし、幸せになってくれって思ってるとしても、母親のキスシーンとか目撃したくなかったわけだ。時間をずらしとかないとまたそういうことになっても的な」

「え……あ……」

うわー、と声が出そうになる。それは、まあ、見ないようにするために帰宅時間をずらそうとする類の……。

「まあ……幸せそうだったし、いまも幸せそうなんでいいんだけど」

「う……ん」

「俺の実のオヤジはロクデナシだったらしくて、離婚したあと女手ひとつで俺をここまで育てるのにけっこう苦労したってのは知ってるし」

「うん」

「でもなあ、奴ら、うちでべたべたしすぎなんだよ。桐島、うちのおふくろに見せる顔がでろってでろなの。講義のときとまったく違ってて——それだけ熱愛中かーって思えば、ふたりとも年とっててもバカップルで微笑《ほほえ》ましいし、いいことだけど。それで……あの日は、親とかち合わないようにって時間ずらしついでに近所歩いてたら、なんだか『いまこうやってひとりでいる時間が幸せかもなあ』って思ったんだ」

ちょうど航がひとりでいる時間が寂しいなあと思っていたあの夜に——？

まったく真逆なことを藤堂は感じてくるくる回っていたわけか。

「ひとり、寂しいでしょう？」

こそっと尋ねる。

「おふくろが幸せなんだなって思いながら、ひとりで外にいるのはわりと幸せだったよ。ああ、俺はこれでどんどん先に進んでも大丈夫だなって思った。子どもんときから漠然と背負ってた肩の荷がやっとおりたっていうの？　そんなこと言ったら、おふくろは『子どものくせに生意気なこと』って怒るだろうけどね。やっぱさあ、大学の費用とかいろいろと考えるじゃん。親の老後のこととか」

「か……考えるかな……」

学校の費用までは考えるが、まだ親の老後のことまでは思い至らない。航はぼんやりなので、すごいなあ、と呆気《あっけ》にとられる。

　そして――切ないなあと思う。

　小さなときの藤堂が、自分の未来やら親の老後やらまで考えて眉間《みけん》にしわを寄せて、必死になっていた様子を想像したら、きゅんと胸が痛くなった。小さな藤堂に会って抱きしめて「大丈夫だよ」って伝えたくなった。もちろん幼いときに出会っていても、航も幼いままなので、なんの頼りにもならなかろうけれど。

「ぼんやりとだけどさ。考えてたよ。もともと俺、芝居は好きだったんだ。うちのおふくろの知り合いに、そっち系の人多くて。その縁で、それこそ『劇団　クマ狩り族』みたいなのとか、あちこち見にいってて自分もやりたいなーって思ってた。けど、食えない仕事ってのも知ってたから、おふくろに楽させてやりたいし、国立の理系の大学にいってそれなりの会社で働かなくちゃって思ってた」

「うん」

「でも、おふくろが桐島とつきあいだして……、桐島がさ、真面目な顔して『お母さんのことは僕にまかせて、櫂《かい》くんは好きなことをするといい』って言ったんだ。それで、いいんだ……って」

　相変わらず桐島先生のことは弁当を受け取ったときの声しか知らない。でも、話してくれているエピソードで「きっといい人なんだな」とわかる。

「好きなことやってみてもいいのかもって、前から誘われてた事務所に入ってオーディション受けたんだ。特撮の仕事決まって、がんばってみるかなーって思ってたのがちょうどそんときで……」

「そんときって？」

「小鳥遊に出会った夜で……。雪が降ってきて……、酔ってたのもあってちょっとテンション上がっちゃって。ひとりで見るのもつまんないなーって思ったら、人が来てさ。それが眼鏡かけた小鳥遊で。公園の入り口んとこで足止めて、俺のことじーっと見てただろ？」

「うん。見てた」

好きな人が幸せなんだなと思って、だけど自分はひとりぼっちで不安で切なくてうろついていた自分が、あの夜、藤堂櫂の「酔っぱらいマジック」に惹かれたのは当然の成り行きだったのかもしれない。だって似たような状況で、藤堂は「人の幸せ」を楽しんでいた。自分がひとりでも幸せだと思って、笑っていた。

あのとき自分に足りなかった温《ぬく》もりを彼が放っていたから――惹かれたのかもしれない。

「小鳥遊だと思ったから、声かけてくんだろうかと思ったのに、見てるだけで一歩も動かない。俺も意地になって絶対にそっちから近づいてくるまで、いってやんないからなって思ってた」

「……子どもみたい」

くすっと笑う。それとも王様みたいなのかな？

そっちから近づいてきて当然っていうような。

「そっちだって、子どもみたいな顔してたくせに。おまえ、最初、泣きそうな感じだったよな。寂しいって全身で言ってるみたいな。ただ単に夜で寒かったから背中が丸まってたっていうのもアリだけど」

藤堂が航の目を覗《のぞ》き込む。ひどく近づく顔に狼狽え、航は後ろ手をついて後ずさる。

『エネミー・オブ・ユー』の本編がスタートしている。なのにふたりとも画面ではなく互いの目を覗き込んでいた。吸い寄せられる磁石の極みたいに、他のものに視線が向かなくなっている。

「……っていうかさ、おまえいまも子どもみたいだ。夏休み明けてからずっと」

「え……」

「夏休み明けてからの小鳥遊は変だ」

変、と言われて傷つく。

「へ……変ってひどいな。それより……あのとき、藤堂はなんて言ったの？　なにか言ったでしょ」

「雪だよ」

「雪だよ？」

「そう。『雪だよ』って言って、そのあとでもう一回『雪だ』って」

「雪だよ……」

あの夜、藤堂はそう言ったのか。そうか。

耳に届かなかったその言葉がなにかが、気になっていた。シチュエーションとしてはしごく真っ当な台詞《せりふ》だと、確認するように「雪だよ」ともう一度小声でくり返したら、藤堂が「え」とつぶやく。

「好きだよ？」

そして、そう言った。

「……うん。え。ええっ？」

ささやかれ、うなじが粟立《あわだ》つ。

「って、いま言った？　小鳥遊」

追いつめるように身体の距離を縮めて、藤堂がささやく。

「違っ。好きだよじゃなく雪だよって……」

「好きだよ」

熱がこもった甘い声で藤堂が言う。

「なにそれ。ちょっと意味がわからな……」

ふっと唇が触れる。待ってと告げた言葉が、藤堂の舌にさらわれる。

「……ん」

嘘《うそ》だ。意味がわからないわけないじゃないか。

好きな人に「好きだよ」と言えたらなあって、ずっと考えていたのに。藤堂に好きって言えたらなあ。藤堂が応《こた》えてくれたらなあって。

抵抗なんてできない。だって——憧《あこが》れていた相手とのキスだ。

床を押しつけていた両手からかくんと力が抜ける。離れていった唇が、もう一度、重なる。

「んんっ……んむ……」

開いた唇のなかに忍び込んだ藤堂の舌が、航の口のなかを甘く蹂躙《じゅうりん》する。

ぞくぞくと背筋が震えた。美味《おい》しい酒の一口目みたいに、じわーっと身体に熱が行き渡る。

頭のなかが靄《もや》がかかったようになる。

「好きだよ。小鳥遊。ずっと好きだった。おまえのこと気になってた……」

——ずっと？

航の後頭部を大きな手のひらで支え、抱きしめ——深いくちづけをくり返す。角度を変えて何度も吸われ、舌で唇の輪郭をなぞられているうちに、全身がくたりと柔らかく溶けていった。

——やだ。もう。

泣きたい、と思ったときには、目尻《めじり》から涙の最初の一滴が伝い落ちていた。

つ、と頬を濡らす感触に、自分でも驚く。泣いちゃってるよ。だけどファーストキスなんだよ。しかも告白ですらはじめてなんだよ。おまけに「好きだよ」じゃなく「雪だよ」って言っただけだ。

好きって口にしたいって、ちゃんと告白してみたいって思ってたのに――。聞き間違いを聞き返されて、そこからの好意告白って、なんで？

なんだよ、と思う。ぐしゃぐしゃに混乱している。ひどく幸福な困惑で――甘い心地ではあるけれど。

――だって、この流れからすると藤堂さんが好きな人って翔じゃないか。

小鳥遊翔という弟のことを昔から意識していて――公園で会ったのも翔だと思っていて――藤堂と翔は、航の知らないところでひどく仲良しで呼び捨てし合っていて――バイト先のショップカードを渡して訪ねてくるくらい――。

人違いで、航を抱きしめてキスしてる。

翔のふりをしたまま「好きだよ」って言われても嬉しくなんて……ないなんてこともない。

どっちだ？　体温も、近くに寄るとなんの香りかわからない清潔そうなふわっと甘い香りがするのも、抱きしめられる手の感触の柔らかさと、頭を支える手の大きさやしっかりした感じも、どれも幸福。でも切ない。

自分に向かった好意じゃないから、嫌だ。こんなに身体が火照って心臓がどくどくいってても、やっぱり嫌だ。

「やめて……。……藤堂さんのこと別に好きじゃないから」

——僕は好きだけど、翔は好きじゃないはずだから。

必死に藤堂を押しのけて、言う。藤堂が、少し時間をおいてから、ショックを受けた顔になった。

航は頰を伝い落ちる涙を手のひらでぐっと拭《ぬぐ》って、訴える。

「雪だよって言っただけなのに、わざと聞き間違えて、そういうのずるい」

「ごめん」

「性格とか顔とかモテるタイプなの知ってて、いきなりキスしたりするのもずるい。そんなのごまかされる。誰だって、藤堂さんにそうされたら拒めないじゃないか。無理やりそういうの、駄目だと思う」

そのキスだってなんだかとても気持ちよくて、うっかりしたら流されてずるずるとそのまま抱擁されていたいと思わせるようなもので——上手なことが、そもそもずるい。

絶対に何人もの相手とキスしてきたんだ、この人。馬鹿っ。

「帰る」

言い切って立ち上がった。なんだか身体がふわふわして、ちゃんと足を踏みしめている実感がない。腹立たしいくらい、航は「二十一歳児」だった。なんでここで泣いちゃうんだ。さすがにこれは恥ずかしい。

「待って。送るから」

「いい。ひとりで帰ります」

「そんな赤い目で？　ああ……もう。なんなの小鳥遊」

なんなの、と言いたいのは航のほうだ。なんなの藤堂櫂。

「悪かったよ。泣くほど気持ち悪がられるとは……たしかに思ってなかったよ。夏休み明けからおまえの感じが変わって……ちょっといい感じなのかなって誤解した俺が図々《ずうずう》しかったよ。だから、送らせろ」

藤堂の手が航を引き留める。強い力で握られて、そこから痺《しび》れるような痛みと甘さが染みとおってくる。指先から、心臓まで。恋愛感情って、触れることで伝わる神経性の毒みたいだ。触れられると、頭が麻痺《まひ》する。心臓が激しく脈打つ。

「と、藤堂さんは男が好きなの？」

小声で聞いた。

「たぶん違う。おまえ以外にときめいたことないから」

「そう」

そのときめきの相手は航じゃない。

弟の翔で——双子だけど似てないふたり。翔はオレンジジュースで、航は炭酸飲料。つらいことに、藤堂はちゃんと航と翔とを、その嗅覚《きゅうかく》で見分けている。「変なときの小鳥遊」が、航だ。

「僕、小鳥遊翔じゃないから」

「は？」

また変なことを言いだして、という顔をされたので、航は慌てて言い募る。大声を出したら、家族の人に迷惑だから、小さな声で必死で訴える。

「双子なんだ。僕たち。僕は兄の航。弟が翔。ほくろがあるのが僕で――ないのが翔で。僕は文系で、翔は理系で――藤堂さんが踊ってるとこ見たのは僕で、でも翔じゃなくて」

「え、待って。どういうこと？」

「どういうことも、そういうこと。藤堂さんが好きなのはうちの弟。間違った相手にキスとかさせてごめん」

やばい。言い切ったら、また泣きそうになってきた。

頭のなかで「好き」と「嫌い」のサイコロがぐるぐるしている。一から六までの数字の代わりに「好き」「嫌い」「嘘。やっぱり好き」「違う。もう嫌。馬鹿嫌い」みたいに言葉が面についている、そんなサイコロがぐるんぐるんと回っている。というか「嫌い」じゃないし。やっぱり好きなので――「嫌い」の言葉の代わりに「痛い」や「つらい」が入る。

代理でキスなんてつらい。痛い。

「なにそれ」

呆然《ぼうぜん》としている藤堂を見上げ、航はぶんぶんと、握りしめられた手を上下に振った。

「放して。ひとりで帰るから」

「いや、送る」

よくわかんないけど、と、藤堂が眉根を寄せる。もう何度目かわからない、疑《うたぐ》るような、いぶかしむような視線。そういえば、最初のうちから藤堂はこういう顔で航を見ていた。

――はなから僕が翔じゃないって、うすうすだけど気づいてたってことだよね。

ひょっとしなくても、藤堂は翔のことが好きなんじゃないかな。双子の見た目を見分けられるくらい翔のことが好きっていうことじゃないかな。

そう思ってみれば――いままで散りばめられていたワードがするすると当てはまっていく。やけに親しげなやり取りや親切。「人をストーカーみたいな言い方すんなって」や「見張ってねーから」というのも、そりゃあ好きだったら見続けてるだろうし――あまりにも行きすぎたら、見られている翔の側が怪訝《けげん》に思って「どうして見てるの」くらい言う。翔だったら言う。

そのうえで、翔はあえて航には藤堂のことは話さないに違いない。

航がファンの男優が「自分のことを見てるような気がする」みたいな話……言えないだろう。航はゲイであることを周囲にカムアウトもしていないし。

「泣くな。俺が悪いことしたじゃないか」

「悪いことしたじゃないか」

「……ああ、まあ。うん」

ばつの悪そうな顔をして、藤堂が「ふう」と小さく吐息をついた、

「最終電車にもう間に合わないかもしれないし、送ってく。……双子だとか、なんだとかは、いま言われたばかりじゃあ理解不能で」

テレビから低い音でぼそぼそと登場人物たちの話し声がかぶる。見たいと思っていたのに、まったく映像も台詞も頭に入ってこない。生きてる自分のリアルタイムで精一杯だ。

「でもなんとなく腑《ふ》に落ちた。変だとはずっと思ってたから。それで——そんな泣き顔されたら、無理強いはできないから、もう勘弁して」

なにをどう勘弁？

「送ってく」

つかんでいた手が離れた。その手がぽんっと航の頭を撫《な》でた。わしわしと髪の毛をかき乱し、

「もう今日は泣かせるようなことしないから。な？」

と、色男の顔と声で言われ——航はきゅっと心臓をかきむしられて「うん」とうなずいた。

そんな顔されたら、振り払えない。わかってやってる？

意志薄弱な航は、シンデレラ姫みたいに「お姫様になりかわった魔法が解ける前に、走って帰る」ことすらできない。魔法が解けきっても、ぐずぐずとして——みすぼらしいスタイルに戻ったのを、王子に「仕方ないから送っていくね」と同情されるというパターン。泣ける。

「家、どのへんだったっけ？」

さらに尋ねられ、航はぼそぼそと住所を口にしたのだった。

藤堂は「おまえ子どもみたいだから、ひどく悪いことしてる気になる」と帰り際に言った。航たちのアパートの前で航を降ろし、

「いろいろと言いたいことたくさんあるけど、今日はやめとく。俺もよくわかってないし」

と告げる。

「明日から地方ロケで出るんだ。戻ってきたら連絡する」

そう言われたから、曖昧《あいまい》に首を傾《かし》げた。連絡してきてなにを言うの？　翔と誤解してごめんなさいというのをあらためて謝罪してくれるの？　そんな謝罪なら不要だ。もう充分、痛いのに、これ以上傷口を広げないで欲しい。

借りたヘルメットを「ありがとうございます」と返したら「どういたしまして」と言う。

「双子ってことはその顔がふたつか。参ったな」

たいして参ってなさそうな声でそうつぶやいて「でもとにかく、悪かった。ごめん」と最後につけ足した。

謝られるのが、一番つらいと知った航である。

身代わりにキスで「間違った。ごめん」って。さらっと謝罪されても。ファーストキスなん

だよと言ったら、よけいに事態が悪化しそうで、ぐっと飲み込む。

ぶんぶんとエンジンをかけて走りだしたバイクをぼうっと見送る。航が見ていることを知っているのか、いないのか。少し離れてから、藤堂が片手を一瞬だけさっと上げた。

「……そういえば特撮ヒーローものでバイク乗ってたな。あれスタントマンじゃなかったんだ」

感心するのはそんなところじゃないのだけれど。

そして感心している場合でもないのだけれど。

物理的に心臓がぎゅうっと痛むような気がして、両手で胸を押さえ、それでも「気をつけて」と遠ざかっていく後ろ姿にそっと思った。事故とか、そういうの、気をつけて。なんだろうこの気持ち。好きな人に好かれてなくても、その相手に「同じ世界にいて欲しい」というこの切ない痛み。

これはもう——嫌になるくらい恋だった。

持てあますくらいに恋愛感情だった。どれだけ好きにさせれば気が済むのかと、恨みたくなるくらいに好きになっていた。

戻ってきた部屋には煌々《こうこう》と電気がついていた。熱が下がってもまだ安静中なんだから寝ていればいいのにと、ソファでタオルケットにくるまってとろとろとした顔になっている翔の側《そば》に駆け寄る。

「ただいま」

「ん。おかえり」

翔の顔はぼうっとして、眠たいせいか目元が潤んでいて凶悪に可愛《かわい》い。

――仕方ないよ。翔、可愛いし綺麗だし性格いいし明るいし頭いいし。

我が弟ながらともう何千回くり返したかわからないことを思う。物心ついたときから航はこの同じ顔の弟には敵《かな》わない。

翔なら――男を好きになったことがない藤堂が惚《ほ》れちゃうのもしようがないこと。

キリキリと胸が痛む。どうして双子なのに、自分はこうなんだろうなとか――いろいろと感情が沸騰している。

「翔、寝たほうがいいよ。すごい眠そう」

ふわっとその頭を撫でて言うと「眠くない。疲れただけ」とふてくされた顔で翔が応じた。

「なんで疲れたの？」

「クソ店長に嵐のように見舞われた」

言われてみれば、テーブルの上に航が買った記憶のないプリンやゼリーの空き容器とスプーンが置いてある。ケーキの箱の蓋《ふた》が開いたままなので、覗き込む。モンブランがぽつんとひとつ。

「兄ちゃんの好きなモンブラン残しといた」

「ありがとう。冷蔵庫に入れて明日半分こして食べよう」

「いいよ。ひとりで食べても。俺、ショートケーキもプリンもゼリーもオペラも食べたし」

「それは食べすぎかも」

「それより兄ちゃん、またウサギの目」

ソファの上で起き上がった翔が、航の顔を下から覗き込んだ。

「うん。コンタクトがどうしても合わなくて」

帰宅してすぐに眼鏡に替えたけれど、赤い目は隠せなかった。

「ごめんっ。だて眼鏡を用意されるくらいだったら、コンタクトさせて出すんじゃなくいつもの眼鏡でよかったよね。俺が変なこだわり見せたせいで」

「ううん。それはいいんだ。……だて眼鏡用意したこと、店長話していったの？」

「あ……うん」

なぜか翔はむっと口を尖《とが》らせた。

「クソ店長のことはどうでもいいよ。それより、藤堂んとこにDVD見にいったんだよね。どうだった？」

「どうだった……って。僕が翔じゃなくて双子の兄ですっていうこと、話してきたよ。ごまかしきれなくなっちゃって」

「……ふうん」

もう少しリアクションがあるかと思ったら、翔の反応は薄い。

そして——続ける言葉に困り、航はうつむく。翔と間違われてキスされましたとか、告白されましたとか、これって言っていいものなのか？　翔は藤堂に好かれていたと気づいていたのか？

「あのさ、藤堂って小学校のときに兄ちゃんに意地悪してきたタックンに似てるよね」

タオルケットをぐるりとまとめて膝《ひざ》に置き、翔が唐突に言う。

「え？」

「タックンとか、あとは——幼稚園のときに兄ちゃんに意地悪して、小学校にあがってからもなにかとからんできて『ちんこついてるのかよ、男女』って、パンツおろそうとした子にも似てる気がする。クラスの男のなかで自然とボスっぽい立ち位置になる、悪戯《いたずら》好きでなんでもできる奴」

そういえばあのタイプの男子にはよく苛《いじ》められたなあと思い返す。藤堂に目薬をさそうとされたときにフラッシュバックした記憶、再びだ。

タックンっていたなあ。ドッジボールのとき目の敵みたいに航にボールを投げつける子だったなあ。

「そ……うかな。そうかも」

と答えたら――またもや涙がじわっと滲《にじ》んだ。

「え……兄ちゃん、なんで泣く？」

翔が慌てて航にティッシュの箱を差しだした。一枚抜き取り、目と鼻をティッシュで押さえる。

「そういえば僕って苛められてたなあっと思って。そっかー。藤堂さんって僕のこと苛めた子たちに似てるんだ。なんか……そっかあ……」

それは好かれる要素は欠片《かけら》もなさそうだ。最悪だ。

「兄ちゃんなんかされたの？」

――どう答えたらいいの？

航はティッシュで目を押さえたまま、小さく首を横に振る。

「なんでもない」

「なんでもあるでしょうっ。なんかされたの？」

「いまは言えない」

ブラコンすぎてなんでも包み隠さず話していた自分たちにも、少しずつ「言えないこと」ができている。好きな人に振られたみたい。それで泣いているんだ。その事実はいまは翔に伝えられない。

「時間経《た》たないと言えないようなことされたのっ？　俺の兄ちゃんになにすんだよ。藤堂櫂っ」

翔がそう叫んで立ち上がる。

「ちょっといまから殴ってくるから」

低い声で翔が言う。本気の怒りモードだった。

「駄目。だって翔、おたふく風邪じゃないか」

勢いづいて部屋から出ていこうとした翔の足もとに滑り込み、引き留める航だった。

「じゃあ、おたふく風邪を武器にして藤堂櫂におたふく菌うつしてくる!!」

「家、知らないでしょ?」

「調べる。学部同じ奴らに聞いたら誰か知ってるかもだし」

航はひしっと翔の足にしがみつく。ブラコン兄弟なので、そうされると航を蹴《け》り飛ばしてまでは出ていけない翔である。

「兄ちゃん放してよ。俺の兄ちゃんを泣かせるような奴、やっつけないと気が済まないっ」

小学校でも、幼稚園でもこうだったなあ、なんて。航が泣かされたら翔がその相手にやり返してくれたなあ、なんて。二十一歳になっても同じ。翔の足に抱きついたまま、航は翔を見上げた。

「やっつけるなら、自分でするから。兄ちゃんはもう二十一歳だから」

言ってみたら、すごく当然のことだった。

「俺だってもう二十一歳だってば」

「うん。お互い、たいていのこと、ひとりでできる年だよね……。だから僕が自分でやるから、翔はおたふく風邪を治すことに専念して」

久しぶりに泣いたなあ、とも思う。大人になったら泣かなくなった。悲しい物語や映画を見て涙を流すことがあっても、自分自身につけられた痛みで泣くことがなくなっていた。恋の痛みで涙が溢《あふ》れるなんて、子どものときは知らなかった。

泣く理由が昔とは変わった。自分も少しだけ大人になっている。ふわふわしていようといまいと、時は過ぎていく。そのうち翔とも別な人生を歩むしかなくなる。翔のことは生涯ずっと大好きで、大切な弟だと思うとしても——。

「……わかった。いかない。いかないから放して」

とうとう翔がそう言った。

「そうやって油断させて、手を放したら、走って逃げたりしない？」

「しない」

じゃあ、とそうっと手を放す。翔がしゃがみ込み、航の額に自分の額を押しつける。猫の挨《あい》拶《さつ》みたいにこつんと額がぶつかった。

じーっと目を覗き込んでくる翔の切れ長の双眸《そうぼう》がキラキラと光っている。近づいたらふわっと煙草《タバコ》の香りがした。

「……翔、煙草の匂いがする」

「え。わ」

バッと離れた翔の目元に朱色が散った。

「店長が来たから匂いうつったのかな」

「翔が風邪なのに煙草を吸ってったの？　気管によくない」

「一応、そこは配慮してて部屋では煙草吸わなかったけど……あいつの全身がヤニ臭いから」

翔がへどもどと店長の弁明をし、嘆息してた。

「うん。……とりあえず今日はもう寝よう？　翔も疲れた顔してるしね」

「俺、そんな疲れた顔してる？　参ったなあ」

翔がごしごしと手のひらで頬のあたりを擦《こす》る。

航は立ち上がり洗面台へと向かった。

6

翔には事情をいくつか伝えなくてはと、脳内でうまい嘘を組み立てては崩しの夜を過ごす。なにも思いつかない。たくさん嘘を載せていって「これで説明つくかな」と納得しても、重ねていったらいずれカラカラと崩れるのが目に見えていた。

——痛いなあ。

胸が痛いのと同時に、自分自身の立場が痛々しい。

朝食の支度を調えながらも「キスされたことは言っとくべき?」「だけど翔だと思われてキスされたなんて言ったらどうなる?」「じゃあ、そこは伝えないとして——自分が藤堂のこと好きになっちゃったことは?」「それを言ったら一気にゲイであるカムアウトだ。ハードル上がる」と、自問自答。

やけにいろいろ考えたのは——藤堂のことを思うと、やっぱりじわっと泣きそうになるからだった。昨日の今日で、失恋の痛手が癒《い》えるわけがない。でも翔の前でまた泣くわけにはいかない。泣かないためには笑えるようなことを考えなくては。

笑えないとしてもせめて強がれるところまで、気持ちを上げたい。

「おはよう。……兄ちゃんなんで今朝はこんなに豪勢なの」

考えながら作っていたら、品数が増えた。煮干しで出汁《だし》を取って、大根とワカメの味噌汁《みそしる》。炊きたてご飯。シラス入りの卵焼き。グリーンサラダ。ドレッシングは手作り。鮭《さけ》を焼いて、大根おろし。カリッと焼いたベーコンにブラックペッパー。ジャガイモをフードプロセッサーで混ぜて、冷たいスープ、ヴィシソワーズ。パンケーキも焼いて、半分にとろりと蜂蜜《はちみつ》をかけた。半分はスクランブルエッグを添える。モンブランは二分の一に切って、デザートだ。

「バイキング形式で」

「わかった。おうちバイキングね。朝から景気いいね」

よくできた弟は、航が自分から泣いた理由を言いだすまで待っていてくれるつもりらしい。

昨夜は藤堂に対して怒っていたが、そのあとはなにも言わなかった。

航は眼鏡を持ち上げ、はあ、とため息をつく。

——気持ちの辻褄《つじつま》、合わせなくちゃ。

翔が「いただきます」と、食事をはじめる。

「兄ちゃん美味しいよ、これ。兄ちゃんの作る味噌汁が一番好き。かーちゃんは出汁の素《もと》だもんな」

「お母さんは双子を育てるのに忙しくて、取りたくても出汁を取る余裕がなかったんだよ〜」

母が愚痴って、たまにそう言っていたことを思いだす。双子の子育ては大変。駆けずりまわって育児して、家事をして、結果として航はのほほんとこの年になった。親の老後なんて遥《はる》か彼方《かなた》で考えてもいないし、自分の将来も見据えていない。

やりたいことも夢も未来もぼんやりで、いま現在ですらあやふやだ。

「育てられた側なのになんで他人事《ひとごと》な言い方⁉」

翔が言う。

「本当だよね。もうちょっと、がんばらないとな。僕」

アバウトになにもかもをひっくるめて返答したら、翔が「ん?」と首を傾げた。

「翔はえらいなあ。翔は毎日あんなにわけわかんないこと勉強して、授業のコマも多くて、変わった店長のもとでバイトしてるのに——僕ときたら」

ぽろりと零《こぼ》したら「なんかわかんないけど誉《ほ》められた」と翔がにっこりと笑う。

「……そうだ。昨日、知ったんだけどね。僕、藤堂櫂がデビューする前に、公園で彼と会ってるんだ。藤堂さんはその話を翔にしたことあるんだってね。僕のこと、眼鏡をかけた翔だと思って、翌日になって翔に話したら『別人』って言われたとか、そういう……」

機嫌よく食べている翔に、できるだけさりげなさそうに話す。引っかかっていたことをいくつか解明して——そうしたら整理できるかなと思って。

「ああ。うん」

「双子の兄がいるとか、もしかしたらその相手は僕かもとか、どうして僕にも藤堂さんにも言わなかったのかなって」

「それって重要？」

卵焼きをごくりと飲み込んでから翔が真顔になって聞いてきた。

「わりと。僕にとっては重要」

「兄ちゃんがその話を一切しなかったからだよ」

拗《す》ねた顔で翔が言った。

「僕がしなかったから？」

「だって俺、兄ちゃんから藤堂櫂に会ったよって話、ひと言も聞いてない。兄ちゃんはどうして、藤堂より先に俺にその話してくんなかったの？　たいしたことじゃなかったから？　公園で変な男に会ったんだよって、いつもの兄ちゃんだったら言ってくれたんじゃないかな。なにも言われてないから――それがなかったから、藤堂の会った相手は、兄ちゃんじゃないってことにしてた。藤堂にも、人違いだよって言って終了にしてた」

「それは……」

説明できないから、しなかった。同時に、隠したかったのかもしれないと、翔に言われて気づいた。

隠し持ちたかったのは――どうしてだろう。その記憶は、翔とも共有したくない。自分ひとりで持っていたいと感じた。人に話したら、なにかが減ってしまうような気がした。

「話しそびれたとしても、藤堂耀のファンなんだって言いだしてドラマの録画したりしはじめたときには、言ってくれてもいいことだよね。けど言わなかった。なんとなくそれで嫌な予感したんだよ、俺」

「嫌なって？」

「双子の勘。藤堂はどことなーく、こう、タックンに似てたしさ。兄ちゃん、本質的にはああいう男好きだよな」

「え……な……」

「兄ちゃんと藤堂の接点が増えたら、絶対に俺の嫌な感じに向かいそうな気がして、黙ってた。本当だったらさ、俺の代役で学校にいくなんてやらせるべきじゃなかったし、いまは反省してる。会わないほうがよかったよね。藤堂と兄ちゃんて。あのタイプはズカズカと侵入してきて、振り回す。俺の兄ちゃんを苛めやがって。ああ、くそ。腹立つっ」

会わないほうがよかったよね、という言葉が心臓にガツンと当たる。

そうか。会わないほうがいいような関係なのか。傍《はた》から見てそう感じられるのか。生まれたときからずっと一緒にいる翔に言われた言葉は重みが違う。

「この年で泣いてる僕が情けないだけだよ〜」

「藤堂の肩を持つなっ。もうこの話はいいっ。おしまい」

ぷんすか怒ってご飯をかき込んでから、勢いありすぎてけふけふとむせた。航が慌てておお茶を淹《い》れて差しだすと、一気に飲み「あちっ」と騒いでいる。

――この話し方……翔はもしかして僕がゲイだって気づいてる？

藤堂櫂が好きなんだってわかってる？

なんとなく微妙な、重要な事実をふわっと丸め込んだような話し方を互いにしているような？

ざーっと青ざめた。双子の勘。隠しとおしているつもりでも、意外と丸見えだったり？

「翔は……そのへんはどう思ってるのかな。あの……僕がその……そういうのかなっていうので。わかっててでも身代わりで大学にいくのを認めたりっていうのは……ええと。藤堂さんと出会って、ぶち当たればいいっていうこと？　なの？　スクリーン上の彼に憧れたりしてる場合じゃない……みたいな？　男の俳優にうつつをぬかしてるんじゃなく……っていうか」

ズバリと聞けばいいのに、しどろもどろだ。こういう性格が嫌なのに、矯正できない。狼狽えてばかり。

「兄ちゃんが男の人しか好きになれないんだってのは知ってたよ」

さらっと言われた。

「うわーっ」

両手で頭を抱え、テーブルに突っ伏す。なんだこの展開？　ひとりでぐるぐるしていたのもなにもかも見透かされ、心配されていたみたいだ。双子の勘は一方通行なの？　翔から航がよく見えても、航は翔の心境もなにもかも見えないままだ。愕然《がくぜん》とする。

「ぶち当たれとは思ってない。兄ちゃんを傷つける奴のことは許さないし、そんな連中は皆殺しだ」

「殺さなくてもっ」

「一生、俺が兄ちゃんのこと守ってけるならそういうのもありだなって思ってた。真面目な話。でも最近、ずっと兄ちゃんとふたりで生きてくわけじゃないのかなって思ったから。兄ちゃんも誰かに出会わなきゃって思ったから、それで『兄ちゃんがそこまで好きだという藤堂櫂と会う機会があってもいいのかな』って変な気になったのが悪かったんだよ。俺のせい。反省してる」

「翔？」

「俺も好きな人ができたから。——兄ちゃんも幸せになればいいなって思ったんだ。それは本当だよ」

「好きな人？　だ……誰？」

知らないし——翔の恋愛事情は初耳すぎて固まる。

「そのうち『ちゃんと』紹介する。いまは……ほら、おたふく風邪だから」

翔がうつむいた。耳とか、目元がぽうっと赤く染まった。照れた翔のもじもじとした口調がやたらに可愛らしく、航はそれ以上、追及することができなかった。

「そうだよね。おたふく風邪だし。いまは、ね」

おたふく風邪、大活躍だな。なにもかもが「おたふく風邪」を原因に進展していく。

脳内でポカンとそう思い——湯飲みを手元に引き寄せ、ごくりとお茶を飲んだのだった。


翔はまだお休みで、けれど航は自分の大学に通学する。ちゃんと昨日も来ていたのに、不思議と妙に久しぶりに通学したような気がした。なぜかいつのまに、翔の大学と自分の大学の共通項を探し、違っているところも探している。キャンパスの広さとか、友だちや教授たちの顔とか、講義のコマの数とか。

——翔が復帰する前に「藤堂櫂に、翔と間違われてキスされたんだ」と伝えなくちゃ。

朝は言いそびれた。下手なことを言うと、翔が藤堂にくってかかりそうだ。悪いのは藤堂じゃないんだということをちゃんと伝えられるくらい整理してからにしないと。

——それに、口にしたら心臓がぎりぎりと痛いし。

結局、逃げてるのかな。そんな気がする。

嫌なこと、面倒なことから逃げてるのかな。翔に事の顚末《てんまつ》を話したあとに揉《も》めるだろうことが予測できて、先延ばしにしている。

講義室に陣どってシャーペンを手に考え込んでいたら、吉沢《よしざわ》が隣に座って話しかけてきた。

「小鳥遊、なに難しい顔してるの？」

吉沢は数少ない航の友だちのひとりである。航は自分から積極的に打って出るところがない。向こうから近づいてきた相手に対してちょっとずつ防御壁を緩め、距離を縮めていくのが常だった。そういうつながり方だから、気づいたら「深く狭い」交遊関係になっていた。

「難しい顔になってる？　難しいこと考えてるからかな」

「どんな？」

流れで聞いたけれど、実際はそんなに興味はないよなあという聞き方だった。さらっと問われたから、さらっと返す。

「どうやって生きていくのかとか、親の老後とか、就職はどうしようかとか、先行きの夢とか」

「……なんでいま、それを？」

「諸事情で」

失恋がらみで、壮大なところに流れついてしまった。

ずっとちゃんと考えていなかったなと思うのだ。学校にいって勉強をしていたらいいという環境で、同じ場所に居座って足踏みをしていた。学生ってたぶんそんなものだ。中学のときは高校に入ることを考え、高校のときは大学に入ることを考えて過ごしていた。勉強の内容が上がっただけで。

「吉沢、就職どうするの？」

勉強してればいいってもんじゃないわけで。

なんだか唐突に、壁だと思っていた箇所にドアがついていて——開いたら次の部屋か廊下か未来か、とにかくどこかにつながっていることを実感してしまった。

失恋から一直線。ロールプレイングゲームで、新しいダンジョンが開いたみたいな昨日から今日にかけてだ。

そんなことを数時間話しただけで、航に思い知らせてくれた藤堂のことを——好きだなあって、一夜明けてもまだ航は思っていて——。

ふっと指をのばして自分の唇に触れる。この唇に、藤堂の唇が重なった。舌で濡らされた感触が蘇《よみがえ》り、ざわっと肌が粟立つ。震える心に、痛みが走り抜ける。

痛いから思いださないようにと、頭をぶんっと振った。振り回しても頭のなかから記憶は零れ落ちたりしないのに。

吉沢は航の隣で「あー」と頭を抱えている。

「やめてくれよー。まさか現実的な問題を小鳥遊に突きつけられるとは思わなかった。俺、まだそれ考えたくないんだから。私立文系大に来たっていうところでお察しくださいい的な」

「お察しできないよ～」

「そういう小鳥遊は？」

「……たとえば……本が好きだから出版社にいけたらとかは思ったりもするけど」

「狭き門」

「だよね。考えていくと、結局、働いてお金もらえるところならどこでもいいから会社員といわずともとにかく働ければみたいな」

「低い理想」

「……そうかな」

ぴしゃりと言い切られ、肩を落とす。

なにもかも中途半端。恋の落ち零れなだけじゃなく全部を取り零している。

あーあ、と嘆息し、せめて目の前のことに真剣にならねばとテキストをぱらぱらと捲《めく》った航だった。

※

頭と気持ちはじりじりしているのに、身体がついていかないようなそんな心地のまま時間が経過した。大学の合間、翔が休むあいだはバイトの代理で出ると約束したから、学校から帰ったあとはさっと夕飯の支度だけしてすぐに『レンタルビデオ　ワンペア』へと向かう日々。もう眼鏡でもOKと翔が許可をくれたので、バイトには眼鏡でいっている。そうしたら店長のテンションが上がった。

「いいよね。眼鏡」

返却されたＤＶＤやブルーレイのチェックをし、棚へと戻す作業をしている航の横顔をしみじみと眺め、うっとりと言う。そこまで眼鏡が好きなんだ？

「レンズ分厚くてぐるぐるですけど、それでもいいですか？」

「むしろそこがツボ」

ぐっと握り拳《こぶし》で熱く言い切る店長に、たじたじとなる航だ。

「翔くんは眼鏡かけてくんないんだよな。頼んでも頼んでもかけてくれないどころか、こないだ『店長キモイ。やめて』って」

「……はあ」

「傷ついたな、あれ」

さして傷ついていなさそうな笑顔で言われ「いや……あの」と言葉を濁す。

「店長……働いてください」

結局、そう言った。翔の普段の心労がひしひしとわかる。

「翔くんと同じこと言うね。やっぱり真面目な双子だなあ」

「ひとくくりにしないでください……」

ふわっと言葉が漏れた。

双子でも、一心同体っていうわけじゃない。当然のことだけれど。翔は翔で、航は航。似た顔をしていても、よく見ると違う。ほくろの位置とか、眼鏡とかだけじゃなく、もっといろいろと違う。双子である自分たちが誰よりもそれをわかっている。

似てることが楽しいことも多いし、翔のことは大好き。

けれどいまは――ひとくくりに「双子」とくくられると痛い。

正直、翔の顔を見ると、翔のせいじゃないのに複雑な気持ちになってしまう。好きな人に好かれないのには慣れている。だけど――好きな人の思い人が双子の弟だったことは、はじめてだ。勘違いのキスの顚末を思うと、自然とべそべそと涙がこみ上げてくる。

だからなかなか藤堂とのことについては打ち明けられないでいた。

それでも翔が通学する前には、すべての事情を話さなくてはならない。

翔は来週月曜から外出してもいいと言われたらしい。月曜までに今日を入れてあと三日。金土日。

――さすがにキスされたとか、間違って告白されたみたいなのを内緒にしたままで、翔が大学で藤堂と会うっていうのはナシだよね。事情伝えなくちゃ。

先送りにしたところでいいことなんてない。わかってるのに。

「くくってるつもりないんだけどなあ」

あらら、と店長が笑って肩をすくめた。

「僕たちそんなに似てますか？」

恨みがましい声になっていたことに、ああ、と航は口を押さえる。店長が悪いわけじゃないのに、感情をぶつけてしまった。

「そりゃあ双子だから顔も声も似てる。ふたりとも一生懸命でいい子だし。印象は似通ってるけど……なにかそこに不満が？」

見透かされて、逆に聞かれた。

「不満はないですよ。別に」

「でも……まあ、話してくと似てるからこそ、似てない部分が目につくよね。翔くんのことよく知ってからきみに会ったから、眼鏡かけてなくても、ほくろがなくても、きみと翔くんとを見分けられる自信あるよ。俺にとってはひとくくりにはできない存在だよ。よくできたバイトくんでさ」

「やっぱり僕のほうが変なんでしょうか。子どもっぽくて」

「変で子どもっぽい？」

「前にそう言われたことがあるんです」

藤堂櫂に。

——あれもやっぱりショックだったな。

「へ〜。航くん、変なんだ？　俺、きみが変かどうかを見極められるほど、きみに詳しくないしなあ」

断定しないで当たり障りなく流された。大人だなあと嘆息すると、店長が小さく笑う。

「子どもっぽいかはわかんないけど、航くんのほうが青いよね。道に迷ってる感じ。俺、たぶん話が合うのは航くんのほうなんだよな。航くんは眼鏡も素でかけててくれてるしね。でもそういうもんじゃないいんだよなあ」

後ろの台詞はこそっと、とってつけた独白みたいにして言った。

「あ、そういえば『劇団　クマ狩り族』好きなんだって？　翔くんが前に言ってた。昔のDVDあったら貸してって。残念ながらうちにはなかったんでお役に立ててなかったけど」

「え……あ、そうなんですか？」

翔はバイト先の店長にまで聞いていたのか。

「日曜にやる『劇団　クマ狩り族』公演のチケット二枚あるから、いく？　チケットプレゼントっていうのに応募してたら当選した」

「え？」

「翔くんを誘ったら『興味ない』って断られた。航くんは好きでしょう？」

「いいんですか？」

「いいよ。俺はその日は翔くんに『真面目に働け』って叱《しか》られながら店に立ってる予定だしね。航くん、友だち誘っていっといで。こないだ来た子とかさ。あの子、俳優だよね？　どっかで見たよなーってずっと考えててこないだ思いだした。『二年目のふたり』に主人公の友人役で出てた子だ」

「……そうです。藤堂櫂。あのでも、僕、藤堂さんと一緒には……」

「じゃあ他の友だちでもいいし」

店長は悪くない。なにも知らない。

航が引き攣《つ》った顔をして曖昧にしていると、公演の会場とか確認してくると、店長が店のバックヤードに引き返した。

藤堂のことは誘えないってば。

考えたら、胃のあたりがぎりぎりと変に痛む。でもそれもすべて自分のせい。誰が悪いわけじゃなく自分が駄目だって認めているから、よけいにつらい。正面からまともに等身大の自分を見つめ直すメンタリティをしていたら、こんなに卑屈に育ってない。

かといって——ぐずぐずと見ないふりしててもどうしようもないし。

「ぶち当たれってことかも。結局。全方向に」

航はぼそっとそう漏らし、胃に手を置いて「うー」と呻《うめ》いた。

まず身近なところから。

航は帰宅して、のほほんとテレビを見ていた翔に「話があるんだけど」ときりだした。なんとなく正座になった航に、翔が「兄ちゃん、リラックスしなよ。どんなすごい話をするの？」と笑っていたのは最初だけ——。

藤堂に、翔と勘違いされ、キスをされてしまったと打ち明けた途端、翔が跳び上がって絶叫した。

「キス……されたあ？」

「あの……翔。落ち着いて」

「しかも俺と間違って!?　ずっと好きだったって言われた？　なんでその日すぐ言わなかったんだよ」

「だって動揺してたから」

「動揺してたからって……。そんな……」

静かに遠くを見つめ「藤堂、殺す」と告げる。

「でも、悪いのは僕だよ。早いうちに翔の身代わりなんだって言えばよかったのに、だましてたから……。翔のこと好きになる気持ちは、僕にもわかるよ。だって翔は可愛いし性格もいいし、好きになる」

「だからさ、顔だけでいったら兄ちゃんだって俺と同じ顔なんだから、俺だけが可愛いわけじゃなく……っていうか」

俺たち同じ顔なんだよなあ、と、一回立ち上がったソファにぐたりと座り直した。

「親戚《しんせき》でも兄ちゃんが眼鏡かけてないときはほくろ以外では見分けつかないって言うもんなあ。キャラが違うから気づきそうなもんなんだけど。……つーか、俺たちの違いに気づかない程度の人間に好かれたくないってば！」

憤る翔に「うん」と小さくうなずく。

「藤堂さん、内心では気づいてたとは思うよ。僕のことは『夏休み明けから変』みたいに言ってたから」

「変⁉　綺麗でエロい兄ちゃんのことを変って言っただと⁉」

「綺麗でエロい？　なんでまた」

絶句する。どちらも自分には無縁だ。つくづく、翔はブラコンの権化だ。

「ボトルの形だけは同じで入ってる中身が変わったみたいとも言ってたし。そのうえで、ずっと好きだったって言ってた。見分けはついてたんだと思うよ」

そして――それが痛いのだ。

「……まあ、俺のことよく見てるなーとか、やたらからんできたことはあったけど……。ずっと？　ずっとってマジで？」

翔はぶつぶつと首を捻《ひね》っている。

「翔のことが本当に好きで、よく見てたのかなって思った。告白のときにたまたま僕が相手だったの申し訳なかったなと思ってるよ」

うなだれて言うと、翔がむすっとして聞いてくる。

「それで、双子の兄弟ですって打ち明けたら、藤堂はなんて言ったの？」

「びっくりしてた。双子だっていうのは、言われたばかりじゃあ理解不能でって。あと、同じ顔がふたつかーって、呆然としてた。それでも藤堂さんは僕のことうちまで送ってくれたよ」

「それくらいはして当然」

「あのね。告白って勇気いることだと思うんだ。まして同性で友だちが相手って、すごく勇気いると思うんだ。だからたまたま僕が入れ替わったときに告白されちゃったけど、でも……それは藤堂さんのせいじゃなく、僕が悪かったわけで……」

「んー、兄ちゃんは別に悪くない」

翔は首を横に振って言う。

「……本当にタイミング悪かっただけで、普通にしてたら翔が告白されてて、翔はOKしたり、断ったり、翔の気持ちに合わせて対応してただろうし。僕が翔のふりをしてなければ問題なかったんだ」

「OKなんてするかって。藤堂なんて俺の好みじゃないし」

ばっさり断言され、航はしゅんとなる。翔の好みじゃなくても、航は藤堂のことが好きなのに。藤堂と航だけの内緒話だっていくつかあるのに。義理の父親が准教授でとか、忘れたお弁当を届けていたこととか。貸してくれると言われたけれど結局そのまま部屋に置いて帰ってしまった読みたかったラノベの本や、好きな劇団が一緒の趣味の共通項とか。

でも藤堂が好きなのは翔。

航じゃない。

「なんで俺、兄ちゃんに身代わりなんて頼んじゃったんだろう。最悪、俺がチューされてたら、藤堂におたふく風邪うつしてやれたかもしんないのに。それであいつが高熱で苦しんで顔を腫《は》れ上がらせていればっ」

「……翔、おたふく風邪ってそんなに万能じゃないと思う。抗体があるとうつらないから。僕たちはたまたま、お母さんが予防接種しなかっただけで、普通は予防接種してるらしいし」

「わかってるけど……」

ぶすっと膨れた翔の膝にちんまりと手を乗せる。

「兄ちゃん……。お手をする犬みたいだよ。もうっ、正座しないでせめてソファに座って」

「うん」

翔の隣に腰かけると、翔が「ああ……なんだかなあ」と肩にもたれかかってきた。

「ごめんね」

どうしてか謝罪してくる翔に、航もこつんと頭をぶつける。ふたりで身体を押しつけ合って座り、ささやいた。

「翔はなんにも悪くないから謝ることない。僕がすぐに伝えないのが一番悪かったんだ」

「一番悪いのは藤堂だよ。普通、告白まではいいとしてその日にキスするかって。月曜に学校で会ったら絶対に殴る！」

「それはやめてよ～。藤堂さんは僕たちに巻き込まれちゃっただけで、ただ、翔のこと好きだったっていうだけだろうから。そういうの、わかる。僕は片思いのベテランだからね～」

「兄ちゃん」

「僕、告白すらしたことないんだ。好きになる人は、いつも僕以外の人が好きで」

「……みんな見る目ないなあ。兄ちゃんはこんなに可愛らしくて綺麗で優しいのに」

「翔の目が曇ってるんだってば～。でも、ありがとうね」

ふふ……と笑ったら、ちょっとだけ涙が滲んだ。

そうやって――ひとしきり怒ったり、文句を言ったりする翔と話をしているうちに、穴だらけだった気持ちが少し平らになった。
翔は航より、航のことを考えて、怒ってくれる。いつもそうなのだ。よくできた弟。ぶんぶんとむくれてまくしたてる翔を見ていたら、兄である自分はもっとしゃんとしなくちゃと思えてくる。

だから「もう大丈夫だし、代わりに怒ったりしないで」と翔を宥《なだ》めた。

「だってさあ……」

声を尖らせた翔の顔を覗き込む。

「だってじゃないです。兄ちゃんの言うこと聞いてよ～。藤堂さんは、ただ、翔のこと好きだっただけなんだから、怒らないでよ」

「でもキスしたって」

「………っ」

言わなければよかった。告白されたというだけで終わっておけばよかった。なんでキスされたことまで伝えちゃったんだろう？　下手に隠しておいて藤堂経由で伝わったらよけいに混乱するだろうしとすべて語ってしまったが。

「兄ちゃん……。顔、真っ赤」

「し、仕方ないじゃないか～。もう」

「涙目だし。許せない。兄ちゃんにこんな顔させる藤堂のことやっぱ殴りたいっ」

「だからそういうんじゃなくて……だから」

そして伝家の宝刀。ここぞというときのひと言。

「兄ちゃんの言うことを聞きなさいっ!!」

「また兄ちゃんぶって」

「だって兄ちゃんだから」

よくできた弟は、この言葉に弱いのだ。航が兄貴風を吹かせると「わかった」と不承不承うなずく。

「殴んないけどさ……。俺、つきあってる人いるから藤堂んこと振ってくるからね」

「うん」

物事はうまくいかないなあ。

どうして翔じゃなく自分のこと好きになってくれなかったのかなあ。

ふわっと浮かんだ想いが胸を刺す。

——恋人作りでも弟に先を越されてしまったな。

しかし翔が幸福なら、それはそれで。

「でも少しホッとした」

ぼそっと言うと翔が「なんで？」と首を傾げた。

「僕が男の人しか好きになれないっていうの、気持ち悪いとかそういうふうに翔が言わなくて」

「……言わないよ。だって……俺の恋人も男だし」

爆弾発言。目を見開いて固まった航に、翔が照れた顔でそっぽを向いた。

「双子だからそこも似てるんだなーって」

「そ……そうか。双子だもんね。僕たち」

「むしろ俺がそうだってこと兄ちゃんが気づいてなかったたっていうことのほうに驚きだけど」

「だって翔は女の子にモテてたから。バレンタインには山ほどチョコもらってて」

「それだけモテたのに彼女作らなかった時点でおかしいなと思わなかった？」

「そういえば……」

頭のなかが真っ白になった。ショックを受ける必要はないのだが、予想外すぎて、パクパクと酸素不足の金魚のように口を開けたり閉じたりして翔を凝視する。

「ど……こで知り合ったの？」

「怒らないで聞いて？　そういう店で」

「そういう？」

「ゲイの人たちが集まる界隈《かいわい》のそういう店に遊びにいってそこで互いにひとめ惚れした。ひとめ惚れってあるんだなーって思ったのと、探したら男の人が好きな男ってたくさんいるんだなーっていうのと……」

「そ……うなんだ」

鈍器で殴られたみたいな衝撃にくらっと揺れる。

「いい人なんだ。変な奴だけど、ここぞっていうときには優しくて頼りがいがある。年上で、たぶんかっこいい」

「たぶん？」

「好みってあるから。だけど俺にはかっこいい」

全体になにもかもが予想の斜め上に突き抜けていて、呆気にとられる航だった。


一夜明け――翌日、航は「そういえば」と翔に言う。

なにもかもが翔の発言で吹っ飛んでしまい、ふらふらと互いの部屋に戻った。たくさん話したいことがあるわりには、なにを言えばいいのかまとまらないままだった。

「店長さんに『劇団　クマ狩り族』の公演チケット譲ってもらった。チケットプレゼントで当選したんだって」

ゆっくり起きてきた翔にそう声をかける。

「ふーん」

翔が気乗りしない声で言う。

「日曜に出かけてくるね。翔は日曜からバイトにいくって言ってたよね。大丈夫？」

「うん」

「もしまだ具合悪かったら、日曜も代わりにバイトにいくから言って。それなら、店長さんには悪いけど譲ってもらったチケット、他にいってくれる人探すし……」

「それは平気。むしろ兄ちゃんが大丈夫？」

心配そうに言われた。

「え、なんで?」

「兄ちゃんが、ふわふわじゃなく、ふらふらしてるから。劇団、見にいくの誰と? ひとりでいかせるの心配になるレベルでぽわぽわだよ?」

「ふわふわとか、ふらふらとか、ぽわぽわとか……ひどいなあ」

「ひどい顔してる自覚して。おたふく風邪の病み上がりのときより、ひどいんだから。顔にくまが棲《す》みついてますって。寝てる?」

「あ……うん」

「劇団見にいくの誰と? チケプレって二枚って店長に聞いたよ。それって俺が断ったやつでしょ?」

「まだ誰も誘ってないや。吉沢……はそういうの別に好きじゃないし。サークルの先輩……うーん……だけど日曜だとデートしてそうだなあ」

友だちが少ないなあと落胆すると、翔が「いっそクソ店長といってきたら?」と提案した。

「え?」

「許可する。俺の大切な兄ちゃんのエスコート、店長に許可する。あの人、素行も態度も駄目だけどちゃんと頼れる人だし。もともとあの人もそれ見たかったみたいだから」

決めた、と翔は「連絡しとくから、店長といっておいで」と断言し、命じたのだった。

7

すぐに次の恋にジャンプはできないとしても、凹凸《おうとつ》のできた感情を、理性というロードローラーでならすことはできた。波打つ気持ちはまだ熱く柔らかで、ぎゅっと押しつけると、心臓の芯《しん》のところがヒリヒリと痛んだ。

——好きだよ。

たとえ翔の身代わりだとしても、藤堂に言われたその言葉は、耳に甘く愛《いと》おしかった。好きな人に好きって言われると、それだけで全身が蕩《とろ》けそうになるんだと、この年で知った。空想上の出来事ではなくリアルなものだった。

藤堂がささやいた「好きだよ」という言葉を鼓膜と心に貯蓄する。思いだして涙ぐむ。

そうやって一日が過ぎていった——。

翔の采配《さいはい》により、時間になると店長が家までやってきた。フォルクスワーゲンの助手席に航を乗せて走りだす。若草色をしたその車は、店長の独特の変人さにマッチしている。黙っていればかっこいいのに、微妙にストライクゾーンからずれている感じが。

「期せずして航くんとのデート許可が下りてしまい、俺はドキドキしている。粗相があったらごめんな」

そう言ってハンドルを握って笑っている。微塵《みじん》も動揺していないのに、そううそぶいても、憎めない。

「僕も動揺してます。今日はよろしくお願いします」

「うん。航くんが『劇団　クマ狩り族』はじめて見たのって、なに？」

「最初は……『天国の沙汰《さた》も金次第』です」

「あれって一年前？　客演で藤堂櫂が出てたやつ？」

「そうです。もともと藤堂櫂が好きで……それで見にいこうかなーって。で、初見で見てはまって」

名前を呼ぶと胸がチリッと痛む。呼び捨てで「藤堂櫂が」という、その言い方にもチリチリと気持ちの表面に波が立つ。遠いところにいる芸能人に対する話し方だ。もともとそういう距離感の相手だった。

たまたま——ちょっと触れ合う機会があったけれど、それは勘違いで——。

「小劇団までチェックしてるってよっぽど藤堂櫂のファンなんだね。友人なのにさらにファンってすごいな」

「友人じゃないです。藤堂さんと友人なのは翔で、僕じゃないから」

「そう？　翔くんと同じ大学の学部で知り合いとは聞いてるよ。でもきみのこと訪ねて店に来たよね？　翔くんうちでずっとバイトしてたけど、翔くんのこと訪ねてきたわけじゃないような……」

「そうなんですか？　なんでかそういう流れになって。変ですよね」

入れ替わった時期にさまざまなことが動いた。

「翔と入れ替わって、翔のふりをして大学にいったんですよ。そうしたら藤堂さんと仲良くなって……」

もともと藤堂は翔のことが好きだったから――航が藤堂に向けた好意を勘違いして受け取って――。

「入れ替わって大学にいったという話は聞いた。馬鹿だねえ、きみたち。でも俺が双子だったら、絶対それやってるな。まわりみんなだまされた？」

くすくすと笑って言う。

「だまされてたかなあ。翔って誰にでも好かれるじゃないですか？　みんなとても優しかったですよ。けど友人何人かには『なんか違う』って言われたんで……もうちょっと長く過ごしてたらばれちゃったかなあ。違う気がするって指摘してきた人たちの名前は、翔に伝えたんですよ。木内《きうち》くんっていう子が一番先に指摘してきて、それ言ったら、翔が『木内、よく見てんな～』って笑ってました」

「木内くん……男か」

「女性は意外と気づいてくれなかったような気が？」

「ふーん。……そういえば航くんもゲイなんだってね」

「あ……の」

「翔くんから聞いてる」

「そうなんですか」

そんなことまで店長に伝えているとは。

「店長って翔にすごく信頼されてるんですね」

「そうかな。だといいけどね」

するりと流された。

そのあとは――翔のことについて話をした。それが互いの共通の話題で、しかも盛り上がるものだったから。航はどれだけ翔がよくできた弟であるかを語り、店長は翔がどれだけ真面目で厳しいバイトであるかを語った。

そうしているうちに会場付近に着く。駐車場に車を入れて、車から降りて歩きだす。

駅から十分の会場。地下にあるロビーには入場前から人がたむろっていた。

入り口には贈られた花がずらっと飾られている。花かごや大きな花輪。見知ったタレントの名前のついた花輪がちらほらと紛れているあたりに、劇団の知名度が表れている。

「……あ」

花かごにつけられた「藤堂燿」の名を見つけ、航は小さな声を漏らした。

視線の先を見て、店長が「ああ」と言う。

客演していたくらいの仲なのだから、花くらいある。前に来たときも藤堂の名のついた花かごが受付に飾られていた。でもそのときは名前を見ただけでズキンと胸が痛まなかった。藤堂のことをよく知らなかったから。

「……航くん？」

店長がはあっと嘆息し、航と花かごのあいだに身体を割り入れる。腰を屈めて、航の顔を覗き込み、名前を呼んだ。

「はい」

「なんて顔するんだろうね。この子は」

もう一度、ため息をついて、店長が航の手を引いて人目のつかない端のほうへ寄った。そして航の頭をぽんぽんと撫でる。

「あの……」

「撫でるくらいなら翔くんも怒らないでしょ」

「でもなんで撫でるんですか？」

「かわいそうな顔してたから。翔くんと同じ作りの顔で、そういう表情しないでくれるかな」

「双子ですから仕方ないです」

「知ってる」

笑った店長が、よしよしと頭を軽く撫でてから、ぎゅっと航の頬をつまんで引っ張った。

「痛い……です。なにするんですか～」

のけぞって離れたら、

「その顔が悪い」

と微笑まれた。

「もう。意味わかんないですよ……」

ヒリヒリする頬を片手で押さえ、胡乱《うろん》に見返して言う。

「わからないところがさすがにすごいと言わざるを得ない。でもそういうところが、翔くんのブラコンの源なんだろうな」

「なに言ってるんですか～」

上目遣いで見つめ——言われた言葉を脳内でころころと転がす。なにかが引っかかっている。気になるワードが挟まっていて、整理整頓したら、きちんと物事が立体化して組み立っていくような気配がする。が、なにに引っかかったのか、瞬時に判断できない。

片手で頬を押さえたきり、数十秒考えた。

と――。

「……小鳥遊？」

後ろから声をかけられた。

覚えのある声すぎて、思考が止まる。

リアルに聞いた回数より、スクリーンやテレビから聞こえてきた音での記憶が多いその声。ついこのあいだまで、名前を呼びかけられることがあるなんて想像しなかった、よくとおる藤堂燿の声が――。

振り返るのが怖くて立ちすくんでいたら、航に向き合っていた店長が先に返事をした。

「こんにちは。藤堂燿さんですよね」

「ああ」

不機嫌そうな返事に、身がすくむ。藤堂はなんでそんなにトゲトゲしているんだろう。航が、翔のふりをしていたことに、いまさら腹を立てたとか？　間違ってしたキスとか告白について、時間の経過と共に怒りが湧《わ》いてきたとか？

「……あの店の店長……ですよね。前にお会いしましたね」

「はい。会員登録ありがとうございました。今後ともご贔屓《ひいき》に～。返却期限は七泊八日なのでちゃんと守ってくださいね。延滞料金高いですからね」

ちらっと店長を見る。店長の笑顔が向けられた先に、藤堂がいるんだなと思う。

「航くん」

苦笑して、店長が航の名を小声でたしなめるように言った。航の肩に手をかけて、そうっと航の身体を反転させた。さすがにそこまでされたら抵抗はできない。くるっと返った、航の目の前には藤堂がいる。

キャップを目深にかぶっているのは、一応は変装のつもりなのだろうか。

背後にあるドアが少しだけ開いている。突然ふって湧いたみたいに感じたけれど、関係者入り口のようなそのドアの向こうから、藤堂が出てきたというだけのようだ。

店長の手は航の肩に置かれたままだ。

「……航くん、落ち着いて」

近づいて、励ますように店長が耳元でささやいた。

——落ち着いてっていったって……。

「というか、むしろがんばって」

「……がんばってって」

なにに関してだよ～と、心のなかで言い返し——藤堂を見上げる。

「ずいぶんとおふたりは仲がいいんですね」

藤堂は航と店長とを一往復して睨《にら》みつけ、低い声で言った。演じるときには、ときに甘くな

り、あるいは哀愁漂う孤独さを醸しだしもする、切れ長の双眸がすーっと細められている。

「仲はいいですよ。おかげさまで。航くんは俺の大切な人ですから」

「へ？」

――大切な人だった例《ためし》はないよ？

よく考えたら店長の名前すら知らないというのに。店長って呼べばそれで済むから、名字も名前も知らない。なのに大切な人のわけがあるものか。

突然、妙なことを言いだした店長の顔を振り返り、仰ぎ見た。店長は意地の悪い微笑みを口の端に刻んでいる。

「恋人みたいな言い方しますね。誤解されますよ。そういうの」

薄い氷が張ったみたいな冷たい目をして藤堂が言う。

「あながち誤解でもないかもしれないな。恋人とまではいかないにしろ――恋人の家族くらいには大切な人だから。これからどうなっていくかはまだ未定なんですが、今日は航くんとそのへんの話をしっかりとしてから家まで送り届けるつもりだったんです。ね、航くん？」

「……あの」

そんな馬鹿な。

というのが最初に浮かんだ言葉。

しかし藤堂は、店長の言葉を真に受けたのか「これからどうなっていくかはまだ未定？」と眉根を寄せた。

「本当か、小鳥遊？」

「違う……んじゃないかな……？」

首を横に振ったら、

「ひどいな。芝居見終えたあとに夕飯食べて、そのときに、ふかーい話をする予定だった俺の心づもりをひと言で否定しないでよ。航くん？」

店長がにっこりと笑顔で言った。

「小鳥遊」

低く、恫喝《どうかつ》するように藤堂が名前を呼んだ。

「はい？」

周囲には聞こえないけれど、航と店長には聞こえる程度の声で小さく聞く。

「おまえはこの男が好きなのか？」

「いえ……」

ぶんっと首を横に振ったら、背後で「わ。即答。さすがに傷つく」と店長が独白する。

勝ち誇ったように「ふん」と鼻を鳴らし、藤堂が店長を睨み返した。上背のある店長と藤堂に挟まれて、漢字でいえば「川」の真ん中の線の立場だ。店長と藤堂の視線の位置は同じだが、航だけ、ひょこりと窪《くぼ》んでいる。

ちらちらと航たちを見ている視線が気になってきた。「あれって藤堂櫂じゃない?」という声が聞こえてくる。このままここで睨み合うのは藤堂のためにならないのでは?

「店長……見られてるみたいだから、もうやめましょう? 藤堂さんの迷惑にもなるし」

店長の手をぐっとつかんで、去ろうとする。藤堂がその航の腕をぎゅっと握った。

「え?」

どうしたらいいのかとおろおろとしていたら——「入場を開始します。チケットをお願いします〜」と、ロビーから会場に続くドアが開く。手前にあった仕切りが片付けられ、ロビーにたまっていた観客たちが列になって並びはじめた。

「小鳥遊の席、どこ?」

「え? 席?」

藤堂がデニムのポケットからさっとチケットを取りだし、店長へと突きつける。

「交換しましょう。あなたは小鳥遊の隣なんでしょう? 俺、小鳥遊と一緒に見たいんで」

「断ったら?」

店長が聞く。

「断られても、俺は小鳥遊と見たいんで——そうですね。小鳥遊を引きずって、俺の膝の上に座らせて観劇します」

「それはかなり上級羞恥《しゅうち》プレイだなあ。航くん、耐えられる?」

くすっと笑って言う。藤堂は真顔で、店長は意地悪な笑顔だ。航はどうしたらいいのか混乱し、

「無理」

と答えた。

「じゃあ俺から藤堂くんに質問です」

ぐっと距離を縮め、店長が藤堂へと詰め寄って尋ねる。

「──きみは小鳥遊航くんが好きなの？」

「……て、店長っ」

声がひっくり返った。

会場へと向かう人の列がゆっくりと移動していく。劇団特製TシャツやDVDなどのグッズが売られている売店からはずれたロビーの片隅である。誰が聞いているやも知れない場所でそんなことを。

藤堂のためにもならない。ゴシップになったらどうするんだ⁉

おまけに答えられたら航が傷つく。「好きなのは弟の翔のことです」なんて返事、はっきりと聞かされたら、打ちのめされる。

「ど……うしてそんなこと店長が聞くんですかっ」

翔は店長になにかを吹き込んだのだろう。航が藤堂櫂に憧れていて、それで橋渡しをしよう

と思ったけど裏目に出て――失恋した航が落ち込んでいるから、慰めてあげて的なことを――。

結果として、いま、航はチケットプレゼントのお相伴にあずかりここにいて――。

「そんなこと、藤堂さんだって聞かれたって困るだろうし、それに僕はっ」

「好きだよ」

と、藤堂が言った。

このあいだ聞いたときよりもっとひそやかで、甘い音を忍ばせて。

思わず藤堂を凝視する。

咄嗟《とっさ》に航は藤堂と店長の手をそれぞれにつかみ、藤堂が最初に現れたのであろうとおぼしきドアの向こうへと突進した。ドアを開けると――なかは物置場かなにかのようで雑然と小道具のようなものが壁際に寄せられていて無人だった。

「人に……人に聞かれたら……藤堂さん有名人なのに……」

勢いをつけたせいで眼鏡がずれた。ふたりからパッと手を放して眼鏡をかけ直す。心臓が変なふうに跳ね回っている。

――なに言ってるの？　もう本当に……なに言ってるの？

「心配してくれて嬉しいけど、まだそこまで有名じゃないよ」

藤堂が笑う。笑って、航を見下ろす。

「そんなふうに俺のこともものすごく活躍してる俳優みたいに思ってくれてる、小鳥遊のことが好きだ。小鳥遊の変なほうの、双子の兄だっていう、おまえが好きだ。俺は最初から、そいつにひとめ惚れしてたんだ。弟のほうじゃなく。変だなとずっと思って大学で小鳥遊を見て、確認して——やたら見るなって小鳥遊に怒られて——人違いだって言われて——。それが夏休み明けたら、いきなり、俺の気持ちを引っさらったのと同じ空気をした、新たな小鳥遊が現れて」

「……ロープレのダンジョンの敵登場シーンみたいだな。新たな小鳥遊が現れた。……きみも、たいがい、おかしいかも。もうちょっとセンシティブでロマンティックな言い方しなくていいの？」

店長がぼそっと言う。

たしかにゲームでカタカタと文字がタイピングされて表示しそうな告白だ。「新たな敵が現れた」とか「新しい仲間が手に入った」とか。

でもそういうひと言を——微妙にズレた感じのひと言をぼそっと交ぜ込む藤堂のセンスが航は好きだ。雪の日にひとりではしゃぐ彼が、天を指さして「雪だ」とささやいたあれが、好きになったきっかけだ。

「小鳥遊の弟のほうは、いい奴だと思うよ。人間としていい奴。でも俺が、キスしたいふうに好きなのはおまえ。ときどき変で、子どもっぽくて、ふわふわって笑って、好きな芝居や映画や本の話ができるほうの小鳥遊だ。もっとおまえのこと知りたい。もっと話したい。好きだ。

つきあおうよ」

　ストレートな告白に心臓のリズムが変拍子になった。

　一瞬、空気がしんとする。返事を待っている。藤堂が待っている。店長もなにも言わない。

航が言わない限り、たぶん誰もなにも言わない。

　だから──。

「僕も。──僕も藤堂さんが好き」

　うわ。

　言った。言い切った。

　そうしたら頬が熱くなった。

　和らいだ空気を混ぜっ返すように、店長が言う。

「男同士だけどいいかな」

「男同士だけどそれがなにか？」

　藤堂が冷たい目で店長を見返す。

「うーん。なら……とりあえずこのチケットはもらっておこう。みんなの前で膝抱っこされて
観劇なんていうシチュ、航くんに耐えられるとは思えないし？」

　店長が藤堂の手からチケットをひょいと受け取り──代わりに自分の持っていたチケットを
手渡す。

「……このあとの夕飯食べる店の予約も入れてたんだけど、それはキャンセルしても大丈夫かな?」

「もちろん」

航が答えるより先に藤堂が応じる。

「十二時までには帰っておいで」

航に言う。さらに、

「――十二時までには送って帰して。俺も『大切な恋人の兄さん』な、この子のこと心配だから。送り狼《おおかみ》とかそういうのになってもいいけどさ、泣かせるなよ」

と、こちらの台詞は藤堂に向かって言った。

さらっとまた――爆弾が投下された。

「……えっ」

ひっ、と喉《のど》の奥で変な声が貼《は》りつく。

そうか。ずっと「おかしい」と引っかかり続けていた部分が、やっと解明された。翔がゲイで、店で知り合ってひとめ惚れした相手って。行きつけの店で出会って、バイトに来いって言われたからバイトをはじめたって。信頼できる相手で、なんでも――航の性指向に至るまで相談しているって、つまり?

「店長って翔の……恋人?」

「そう。これ、言われるまで気づかないのが、若干、どうかと思ったよ。まあ、翔くんもちょっと鈍いところがあるから兄弟そろってそういうところが可愛いんだけどね。だいいち、いまさらだけど……俺、聞いた範囲でも、うちの店に来たときの反応でも、藤堂くんは翔くんじゃなく航くんに興味があるんだろうなって、わかってた」

「そ……うなの？」

「わかんないほうが変だ。少なくともうちの店で航くんに対して飛ばしてた藤堂櫂の好き好きオーラはすごいもんがあった。俺、完全に目の敵だったしね。いまもだけど」

ちらっと藤堂を見る。藤堂の目つきが剣呑《けんのん》になっていく。

「翔くんも航くんも自分たちが双子だからとか顔似ててとか、そういうことにこだわって肝心なところを見逃してるよ。俺は、翔くんの顔ももちろん好きだけど、あの中身が好きで、ちゃんときみたちの見分けがついてる。どんなに頼んでも眼鏡をかけてくれてないけど、俺がひとめで惚れたのは翔くん」

店長は航の眼鏡をツンと指先でつつき、肩をすくめた。

「たぶん藤堂くんも、はなからきみたちの見分けはついてたんじゃない？　眼鏡とかほくろとかじゃなく――別な部分でね。それがなんなのかは説明できないとしても。そのへんについてはふたりで話し合うといいよ。じゃ」

ひらひらと手を振り、ドアノブに手をかけた店長が「あ」と首を捻って、藤堂にこそっと言う。

「……十二時までには送らないと怒る。でも、あんまり早く帰ってくんな。この子たち、真面目な双子すぎて、隙《すき》つくの大変なんだ。この機会、使わせてもらいたいんで——そこは協力頼みます」

なにを言ってるんだこの人は……と、呆然とする航にニッと人の悪い笑みを返し、店長はドアの外へと出ていった。


開演の少し前に席につく。前説の人が舞台に出て、開演についての注意事項を話しだす。携帯電話の電源は切っておいてくれとか、緊急時の避難場所はあちらであるとか、そういう話をおもしろおかしく語り観客の空気をあたためていく。

キャップをぬいで隣に座った藤堂の横顔をちらっと見る。藤堂も航を見ていた。

「すごい楽しみ」

藤堂が笑って言う。その笑顔にホッとする。

「そうだね。今回のは『クマ狩り族はじめての社会派物』って……サイトの説明で出てた」

タイトルが『宇宙人は二度も三度も嫌になるくらい地球を撃滅する』という芝居のどのあたりに社会派なネタをからませてくるのかは、見てみないとわからないが。

「ああ、まあ内容もそうなんだけど。……おまえと一緒に見て、そのあとで感想聞いたりするのがすごい楽しみ」

藤堂の手がふっと航の腕に触れる。

「あ……うん」

それは僕も、と小さく答え――夢みたいだし恥ずかしいしなんだか困ったと、航は眼鏡を指で押さえ、まっすぐに前を向いたのだった。

8

芝居は楽しかった。何度も観客から笑いが湧いた。航が思わず噴いた箇所で、同時に藤堂も笑っているのを見て「同じことで笑える」ことに嬉しくなった。

大筋は、地球人と蟹《かに》型の異星人との異文化交流物なのに、途中で卓球バトルがはじまってみたり、料理対決がはじまったり。それでも最終的に主人公の「蟹」が気持ち悪いのに可愛らしく見えて「がんばって」と応援してしまうのが『劇団　クマ狩り族』である。

上演が終わると、出入り口に劇団員たちがずらりと並んで見送ってくれるのは小劇団ならではかもしれない。

蟹のコスチュームを着た主人公に「すっごくおもしろかったです」と、真剣に訴えると、蟹姿の男優が「ありがとうございます」と深々とお辞儀をしてくれた。

見終えた人が一気に外に出るせいで、道にぶわっと人が溢れだす。店長もこのなかにいるはずだと姿を捜したが、見つけることはできなかった。

「蟹が元気になってよかったよね。地球人のなかでたったひとりの蟹がさ、ずっとこのまま孤独に生きてくのかなって泣いてるところに、うるっときちゃった。蟹なのに」

小学生なみの感想を、隣を歩く藤堂に伝える。そのまま「あれが好き」とか「あのときの間合いが」とか「小学生男子っぽい馬鹿なギャグが」などと言い合って歩く。

他愛ない、その感じが楽しい。

「こっち」

ふらりと流れて横断歩道を渡ろうとした航の手を、藤堂が引き寄せて止める。

「バイクで送る」

「バイクで来たの？」

「ああ」

握った手はそのままずっとつながれている。

「あの」

と、視線だけで問いかけると、

「おまえは迷子になりそう。はぐれたら、俺はおまえの携帯の番号も知らない」

それが手をつないで歩く理由になるのか、どうなのか。

「あとで教えて」

そう言われ、航は「うん」とうなずいた。

雲を踏んで歩いているみたいな気がした。硬い地面ですら、信じられない。

――だって手の届かない人だと思ってたのに。

目の前にいる。触ることができる。触ってもくれる。

駐車していた藤堂のバイクの後ろに乗せてもらっても、まだなんだか夢見心地のままだった。いま起きているなにもかもが空想上の産物ではありませんか？　脳内で冷静な声がして、慌てて自分の頬をぎゅっとつねる。痛い。古典的手法で現実を確かめ、百面相をやっていると、藤堂が振り返って、

「なにしてんの？」

と怪訝そうに言う。

「ごめん。これ全部、本当なのかなと思って」

「全部ってなにが？」

「大好きな人に好きって言ってもらって」

「それで自分の頬つねってる人、リアルではじめて見た。フィクションでたまに見るけど」

「う……」

呆《あき》れられたかと思いきや――。

「可愛い」

藤堂が小さく笑う。口元に浮かぶ笑みに、心が、ほろっと崩れそうになる。気持ちは角砂糖と同じで、あたたかいものに飲み込まれると形をなくして溶けていく。甘くなる。なにもかも

全部、吸う息ですら、いまは甘い気がする。

「ちゃんとつかまれよ」

という藤堂の言い方が、前よりさらに優しく甘く聞こえるのは気のせいか。

「おまえ、うっかり振り落とされそうだから」

「そんなことないよ……」

またがると下半身にぶんぶんとエンジンの振動が伝わってくる。またもや振り返って航の様子を確認した藤堂が、

「恋人にしがみつかれるのがこういうのの醍醐《だいご》味《み》なんだから、つかまっとけ」

とささやいた。

光の強い双眸にぞくっとくるような色気が滲み——低音のその声や言い方と、口角がちょっとだけ上がった笑顔にやられ、航の体温が上昇する。

夢みたい。

そう思っていいような気がする。好きな人に好きだと伝え——好きだよと言われて、バイクのふたり乗り。奇跡みたいなものだと思っていた幸福が、いま航の目の前にある。

——好きだよ。

航は小声でつぶやいた。

そしてヘルメットを藤堂の背中にこつんと押しつけ、まわした腕にぎゅっと力を入れた。

藤堂の「なんだったら、このままぐうちにいって、うちでふたりで適当に食べないか？」という提案に乗ったのは――見終えた芝居がおもしろかったことが大きい。社会派かどうかは疑問だが、やっぱりくだらなくて、だけど泣けるところがあっておもしろかった。そういう感想を言い合いたいと思って、藤堂の家にいくことを了承した。

あまり早く帰ってくるな。でも十二時までには帰せ。

それが店長の厳命で――そこに関しては航は深く考えていなかった。芝居が終わったのは八時過ぎで、食事をしてから帰れば店長の要望に応じるのは可能だ。

でも――これは。

「だって……家族と同居してたよね。一軒家だったよね」

連れていかれた先が、ひとり暮らしのマンションだったというのは想定外。

前に遊びにいった場所と違うじゃないか。

「だから、あんときから引っ越しの準備はしてたんだって。ロケがあって、そのあとにひとり暮らしの部屋に引っ越してっていう予定が入ってたから、おまえにちゃんと話をしにいけなかったんだ」

「そ……うなんだ」

ふたりきりなことを、あまり意識しすぎないようにしなくては。しかし、バイクから降りて、エレベーターに乗るまでのあいだですでに航の動きはぎくしゃくとしている。

エレベーターのドアが閉じると同時に、

「小鳥遊？」

と藤堂が聞いてきた。

「は、はいっ」

「いまさらだけど、下の名前、ちゃんと教えて。俺、よく考えたらおまえの名前知らない」

「あ……航」

どんな字なのと問われ「海を渡るほうの航海の」と説明する。

「そう。航？」

呼びかけられたから「はい」と顔を上げた。

途端、顔が近づき、くちづけが降ってくる。触れただけですぐに離れたキスに、時間差で頬が赤くなる。

バッと後ろに跳んで壁際に貼りついた航を見て、藤堂の目が細められた。

壁に追いつめるように近づいて、長い腕で航の身体を囲う。眼鏡のフレームの下にある、泣きぼくろに指で触れ、

「本当、航って恥ずかしがるとエロ可愛い」

と耳元でささやいた。

藤堂の部屋のなかは雑然としていて、本当に引っ越ししたばかりなんだなと思う。１ＤＫの室内にダンボール箱がいくつも積み上がっていて、机の代わりにしていたのかダンボール箱の上にレポート用紙と筆記用具が載っていたり。

まだ事態を把握できかねていて、なにを話したらいいのか困惑している。

「あ……お腹《なか》すいてるならなんか作ってもいいかな。僕、料理はわりと得意なほうなんだ。翔にもよく誉められて……」

キッチンのピカピカのシンクを見てそう持ちかけると――。

「飯より先に、航が食いたい」

その言葉だけで、固まった。それだけじゃなく藤堂は航を抱きしめ、かぷっとゆるく耳を噛《か》む。

「ん……」

うなじが粟立ち、変な声が漏れた。

かくんと膝から崩れそうな、甘ったるい感触が全身に這《は》い上ってくる。

「そ……ういうのやめてよ。僕は」

抗《あらが》って、藤堂の胸に手を置いたはいいが、力が入らない。ずるずるとへたれていく航の身体を藤堂が抱きとめる。

「なんでちょっと触っただけでそんなんなる？　前から思ってたけど、おまえ相当感じやすい？」

からかうように言われ、うなじがざわついた。

「感じやすいとか……そういうの知らない」

全体に鈍いのに、こういうところだけちゃんとわかってしまう自分が恥ずかしくて、さらに赤くなる。

「キ、キスもこないだのがはじめてだったし。そんな何回も触られたら困る。もうやだ」

やだ、と詰《なじ》る声が自分でも聞いた記憶がないくらい、蕩けて甘い。

「はじめて？　キスも？」

顔をそむけると眼鏡がわずかに下に落ちる。

「……ごめん」

咎《とが》められた気がしてしゅんとする。二十歳越えてキスもまだって気持ちが悪いかなと窺《うかが》うと、藤堂は複雑な顔をしている。

「はじめてなのに耳嚙まれて、そんな顔するんだ？」

「そんなって……どんなだよ～」

「鏡持ってきて、見てみる？　エロ可愛い顔」

「見たくない。やだ」

首を左右に振って拒絶し、うつむいた。耳まで熱い。トクトクと心臓が鳴っている。触れられた箇所が、じわっと熱を持ち、おかしくなってしまいそうだ。

「待てよ」

と、言うから、ずれた眼鏡をそのままに上目遣いで藤堂を見返した。

「なにを？」

「だから……。具体的になにを待てってていうんじゃなく……。可愛いのを待てって言ってんの」

少しだけ獰猛《どうもう》な声音を交え、苛立《いらだ》ったように航の顎《あご》を強い力でとらえる。上向かせ、唇をゆるく重ね、音をさせて吸った。

「……んんっ、可愛くないよ。僕」

息が止まりそうだ。というか、止めかけた。舌をちゅっと吸われたら、背中を炭酸みたいなものが駆け抜けていって、呼吸が一瞬止まった。完全にもう立っていられなくてくたっと身体を預ける。

「それが地だっていうのが、破壊的」

藤堂は航を抱きしめ、耳朶《じだ》を噛む。思わず吐息を零すと、ひそやかな笑いが耳をくすぐる。

「我慢するの無理だ。おまえを食わせろ」

くちづけだけで骨抜きにさせて――藤堂は航を抱きかかえ、ベッドへと連れていった。途中で何度も何度も、耳や唇や頬や、あちこちにキスをする。

ベッドに押し倒されたときには、なんだか息も絶え絶えだった。

これが広い家だったら、ベッドに辿りつく前に歩けなくなって泣きだしてしまいそうだ。藤堂のキスはあまりにも気持ちがよくて、航はとっくに抵抗する気力もなく、されるがままだ。触り心地のいい刷毛《はけ》で撫でるみたいなキスが肌をざわめかせる。そのあとで、舌を這わせ、肌を濡らしていく。

耳朶を舌でくすぐってから、ゆるく噛む。耳殻をそっと舌先でくすぐられると、甘やかな快感が下腹に伝わっていった。

「キスだけでこんなにしちゃって。やらしいな」

藤堂は航の下腹に指をのばし、勃起《ぼっき》したそこを確認して意地悪く言う。

「それは……藤堂さんのキスが上手だから」

「はじめてなのに上手か下手かがわかるのか？」

意地悪く言うから「それは」と口ごもって、

「わからないけど。でも」

と、つっかえながら、思っていることを伝える。

「好きな人にされること、全部、気持ちいいから仕方ないよ。もしかしたら一生ずっとひとり

で、寂しいまま生きるかもなんて――そんなふうに思ってたのに、突然、テレビに出てるような人と知り合って、好きだって言われて。蟹星人が地球人に好きだよって言ってもらったみたいな気分」

「自分を蟹に喩えるのか」

笑っている。その笑顔も好きで。

意地の悪い顔になったときや、苛めるような視線にも、くらっときて。

なにをされても好きだと思う、この気持ちが奇跡だ。好きになった人と抱きしめ合える。片思いのベテランが、こんな目が眩《くら》むような状況に到達できるとは――。

「藤堂さんが好きなのは翔で、僕じゃないって思ってたし。僕は、藤堂さんみたいな人を苛々させて、険悪になるんだろうなって想像してた」

最悪な想像は百パターン以上していた。小学校時代の苛めっ子の記憶まで総動員させての悲しいシミュレーション。

「それがいまこうしてるのって、なにがなんだかいまもまだ、わからないくらい」

「わからない、わからないって連呼されると――わからせなくちゃと思うよな」

「あの。ごめん」

「ん……」

発した言葉を唇がさらっていく。

口中を蹂躙する舌の感触に、背中が跳ねた。ひくっと喉が鳴り、腰を捻る。逃すまいとでもいうように、藤堂が航をかき抱く。長い足のあいだにある高ぶりが押しつけられた。くちづけられたり、舐《な》められたりのその行為が藤堂の欲望をかき立てているのかと思うと、全身に熱が散らばっていく。

どこを触れられても、変な声が出てしまう。

「キスされるの好きか？」

質問ではあったけれど「好き」以外の返答は許さない聞き方だった。

「……好きだけど……」

「けど？」

「そういうの……聞くのとか……やだ」

好きから先の行為を想像しなかったといえば嘘になる。航だって男だ。たとえ「二十一歳児」であろうとも。たまに自分を宥めるときに、藤堂の姿や声を妄想したこともある。

そのときの自分の想像の藤堂は、こんなことを言ったりしなかった。

「意地悪だ」

と、つぶやくと「苛めたくなるような顔するから」と、返された。

それがどんな顔かわからないが「わからない」とまた言ったら、さらにねちっこくそのことについて言われそうな気がするから、

「やだ」

ともう一度言う。

睨みつけると、眼鏡をそっとはずされた。

視界がぼやけて滲み、不安になる。

気持ちが身体に伝わって、指先に力がこもる。ぎゅっと強くしがみつくと、藤堂が航の顔を覗き込み、くすりと笑う。

「やだって言いながら、抱きつくんだ？」

「そういうこと言わないでよ」

ずいぶんと余裕のある態度に、互いの経験の差を感じる。

シャツの裾《すそ》から入ってきた指が、胸元を探る。平らな胸をまさぐり、そこにある粒を摘《つま》んだ。

「あ」

水面に石を投げたあとのように、身体に快楽の波紋が広がる。かすれた声をあげさせたそこを、藤堂が何度もいじりまわす。

指の腹でまさぐられ、押したり摘んだりされると、じくじくと疼《うず》く。広がっていく悦楽が、下腹に伝わって熱になった。

「それ……やだ」

「やだばっかりだな」

「だって……」

たくし上げたシャツをするりと頭から引き剝《は》がす。布地が一瞬、顔を覆う。藤堂は航の上にのしかかるようにしてまたがり、服を脱がしていく。露《あら》わになっていく肌のあちこちに、試すようにくちづけ、舌を這わせた。

その度に身体が跳ね、快楽が引きだされる。

自分の身体がこんなふうに気持ちよくなるなんて知らなかった。

ちゅっと胸にキスをされる。尖った粒を舌でつつき、唇で扱《しご》く。

「……ふ」

痺れるような快感が走り抜けたから、息のつぎ方を忘れた。

下腹でこもった欲望が、芯をとおす。勃起したそこをどうしたらいいのか戸惑い、腰が揺れた。もじもじと身体を動かすと、藤堂の身体にそこが擦れ――。

「あ……も……」

頭の先までパッと快感が抜けていく。びくびくと手足が震え、切羽詰まった声が出た。

――やだ。いっちゃう。

下腹に力を込めて、息を飲んで快感をやり過ごす。

下着が濡れて、屹立《きつりつ》にべたりと貼りついている。達してはいないのに、ぐっしょりと湿りはじめたのが体感できて――その事実に羞恥を覚えた。感じすぎて先端から蜜が零れているのだ。

いっそ自分で触って擦りたてたい。どうしたら射精できるかわかっている。そこを擦ったらいいだけのこと。

なのに自分ではしたことのない、直接、性器に触れるだけじゃない気持ちのいいことをたくさんされて――。

激しさはなく、じんわりと、ゆっくりと嬲《なぶ》り続ける藤堂の愛撫《あいぶ》に気が遠くなっていく。

藤堂は航の胸を交互に舐め、粒を舌で転がす。そうされる度に自分の腰が揺れるのを止められない。

藤堂は、航の反応を見て、感じる場所は執拗《しつよう》なくらいに弄《もてあそ》ぶ。快感に硬くなった乳首を指と唇とで愛撫され、とうとう航は泣いて訴えた。

「そんな気持ちよくしちゃ、やだ」

手をまわして、藤堂の首にすがりついて引き寄せ、つぶやくと――藤堂が「待てよ」と低い声で言う。唸《うな》るみたいなその言い方に交じった雄の色気に、航はくらりと、してやられる。

「おまえ感じすぎだろう」

「感じさせるからだよ。……馬鹿」

とってつけたような「馬鹿」というひと言は、本当にぽろりと零れ落ちたものだった。意識しないで思わず出した言葉だからこそ、言った自分が慌てるくらい艶《つや》と糖度がたっぷりと含まれていて――。

じわじわと試すように触れて、摘まれて、パチンと感情が切れた。気持ちよすぎて、ポップコーンみたいに弾《はじ》けてしまった。

跳ねて、濡らして、腰を捩《よじ》って——しがみついて——喘《あえ》いで。

「全部脱ぐから、も……やめて。そう……されると、変になる。好きな人に触られてるの、感じるの当たり前だよ。僕がどんなふうに藤堂さんのこと……好きなのか……藤堂さんちゃんと知らないでしょう……」

こんな……告白されてすぐにこういうことされても……流されてしちゃってもいいと思うくらい好きなんだから、と。

そこまでは言わない。でも、ぐしゃっと一気にそういう言葉が頭に浮かんできたから、ひどく恥ずかしくなった。

「おまえだって、俺がどんなふうにおまえのこと好きか、知らないくせに」

ぺろりと目尻を舐めながら、藤堂がうそぶく。そんなことを言いながら、片手はしっかりと胸の粒をくりくりといじっているあたりが、手慣れていてちょっと腹が立つ。モテるんだろうなとか、はじめてじゃないよなとか。

でも——男で好きになったのは僕だけだって言ってた……。

ぶわっと沸騰した記憶にカッと頰が火照り、

「も……脱ぐ。やだ」

そう言って、自分でデニムのボタンをはずした。指に力が入らなくて、なかなかはずせない。もたもたしている航を、藤堂がじっと見下ろしている。

脱がせてくれず、脱ぐのを見守っているのは、なんだかとても意地悪だ。

痛いくらいに勃起した自分のそれが、指に当たる。先走りが下着に染みを作り、布の色が変わっている。

藤堂の視線に晒《さら》された、その染みが恥ずかしくて死にそうだった。そのものを見られるより、快感のせいで濡れた下着を見られるほうが恥ずかしいなんて――知らなかった。知らないことばかりだ。

蹴飛ばすようにデニムと下着を脱いで、藤堂のシャツの裾をぎゅっとつかむ。

「藤堂さんも……脱いでよ。黙って見てないで」

手をかけてぐっと引っ張ると、藤堂が「馬鹿」と言った。

本気で叱りつけるような言い方に身がすくみ動きが止まる。

怒らせた？

「ごめ……ん。調子にのった。嫌だよね。男の身体なんて。見たくないし、触られたくないよね。あの……」

おたおたと脱ぎ捨てた服を拾おうとしたら――。

「嫌なわけあるか。ったく……。おまえを食わせろとは言ったけど、さすがにちょっと触り合えたらいいな程度で、全部やらせろとまでは思ってなかったのに。理性切れるだろ」

足のあいだに、ぐっと膝を差し入れ、肩をつかんで押しつける。

余裕のあった表情が、さっと色を変え、肉食の飢えた獣みたいな欲望が双眸に灯《とも》った。

「本気で食うからな」

そう言って、シャツを脱ぎ捨てた。綺麗に筋肉のついた引き締まった裸体にくらっとして、視線をどこに向けたらいいのか困惑する。

服をすべて脱ぎ捨てた藤堂が、ちょっとだけ笑って、

「靴下は履いたままでいいのか？」

と、それは脱ぎそこねていた航の靴下を指さした。

「よ……くない。よくないですっ」

と起き上がろうとした航の胸を押さえつける。ベッドにぐっと押し倒し
「そういうところがツボなんだ。変で可愛い。普通にしてたらただ綺麗な顔なだけなのに、言うことや、やることがいちいち可愛い。知れば知るだけ、好きになる」

「……僕も」

知れば知るほど好きになる。

ひとめ惚れみたいなものだったけど——話せば話すほど好きになっていく。

同じことを考えているのだと思うと、照れくさく、こそばゆく、嬉しい。

深いキスをされた。角度を変えて、舌と舌をからめて、互いの唾液《だえき》が交わるようなキスをした。しているうちに、もっと欲しくなって、航からもおずおずと舌をからめた。

脳髄が痺れて、溶けてしまいそう。

「藤堂さんのこともっと……知りたい。教えて。まだたくさん好きになるから」

しがみついて、キスの合間に訴える。

藤堂の指が航の屹立に触れる。濡れそぼった先端の蜜をくるりとなぞり、皮を捲って、蜜を肌に擦りつけるように上下に動かす。

「……はっ、や……ん」

先走りの液を茎にからみつけ、藤堂が指を使う。

唇が、ゆっくりとおりていく。唇から、喉に。そして鎖骨。胸の粒をきゅっと歯で軽く噛まれるとピリッと痛む。が、そのあとにざらりと舌で舐め取られ、快感の濃度が増した。触られれば触られるだけ、悦楽が深くなっていく。何度も乳首を吸われ、いじられているうちに、勃起した屹立からとろとろと蜜が滴り落ちた。感じてしまっているのが目に見えて現れるのが、恥ずかしい。

「それ……だめ……」

鼻にかかった甘えた声が唇から溢れる。

しつこいくらい胸を撫でまわし、唇や指で嬲られていると、どんどんそこが敏感になっていく。

「噛んだら痛い？　そっと噛んだつもりだけど」

「ん……痛い」

「いじりすぎてちょっと腫れた。赤くなってる」

ほら、とうながされ、涙の滲む目で自身の胸元を見れば、視力の悪い航でもわかるくらいにそこはぷくりと赤く尖り、いつもとは様子を変えていた。

そして、藤堂は見せつけるように舌をのばし、乳首に触れた。藤堂の舌先に優しく舐められるさまに、背中がざわっと粟立ち、うねる。

「わざと……そういうことするの……やだ。なんか、しつこい」

「航がエロ可愛いから、つい」

「藤堂さんはエロオヤジみたいだっ」

跳ねた声で言い返し、横を向いた。困ったことに言葉や手でされる意地悪に航の全身が反応している。やだ、だめ、と制止と拒否の言葉をくり返しながら、快感に流される。触られて、苛められて、とろとろに溶ける。

「……ごめん。悪い。こっち向いて。こら」

笑ってそう言って、だけど藤堂は航の屹立をやんわりと上下し続ける。

「あ……や……ん、もう」

そむけた視線の先に顔を近づけるから、今度は逆を向いた。何度もだだっ子みたいに「いやいや」と首を振ると、あやすようにキスをする。ばたばたと暴れたら、おかしくなって笑えてきた。

セックスなのに、子どもの遊びみたいだ。大好きの延長線上にある、秘密の遊戯。互いにどこが心地いいのかを知ろうとして、役割を決めていくおままごと。だけどとても真剣。

藤堂も笑いだし、最終的には見つめ合ってまたキスをする。

甘ったるく、気持ちよく、熱い。ふたりの熱が交わって、互いの肌がしっとりと濡れていく。藤堂の欲望に手をのばし、触れる。藤堂が小さく呻いた。低い声で漏れた吐息や、額に浮きでた汗に、全身がざわつく。

藤堂の唇がまた下へとおりていくから、

「も……そこ、しちゃやだ……」

と胸をかばって隠した。そうしたら藤堂は胸からさらに下へと身体をずり下げ、下腹につくくらいまで硬くなっている航の欲望の先端にキスをした。

「……わ。それ……ん」

航の屹立に指を添え、すっぽりと飲み込んだ。ぬるりとした感触が欲望を包む。強く吸って、先端を口蓋《こうがい》に擦りつけるように上下され、がくんと腰が跳ねた。

身体がしなり、腰が浮き上がる。押さえつけるようにして、航のそれを口淫《こういん》され——あまりの快感に、快楽が弾けた。

「や……あ、あぅ」

藤堂の口のなかに射精してしまう。

がくがくと身体が震える。藤堂は、達したあとでもすぐには萎《な》えないそこを口に含んだまま、残滓《ざんし》まで絞り取るように先端をちゅっと吸ってから唇を離した。

こくりと藤堂の喉が動く。航の精液を嚥下《えんげ》したのだと気づき、いたたまれなさに身体がすくんだ。

太ももがまだびくびくと痙攣《けいれん》している。

「や……もぅ……」

目尻を涙が伝っていく。

でも――それだけでは終わらなかった。

藤堂は航の下腹に、また顔を埋《うず》める。

「あ……ぅ。もう……」

唾液や蜜や精液でぐしょぐしょに濡れた茎をゆっくりと扱き、けれど藤堂の舌は、屹立の裏筋を辿って後孔《こうこう》へと差し入れられた。

「ふぁ……、な……に」

唾液を押し込めるようにそこを濡らし、舌だけではなく指も入れる。

「……あ」

異物感に、眉根が寄る。

「痛いか？」

問われ「ううん」と応じる。

うっすらと「そこ」を使う場合もあることは把握していた。男しか好きになれないとわかってから、男同士の恋人ってなにをするのだろうと調べたことがある。

でも頭で知っていることと、実際は別だ。足を大きく開かされ、普通ならしないような格好で臀部《でんぶ》をさらされ、そこを舐められると羞恥で顔が真っ赤になった。

するっと忍ばせた指がなかを押し広げていく。広げようとされているのはわかるのに、緊張で、出し入れされる度に内側がきゅうっと窄《すぼ》まった。

けれどそうやって意識しているうちに――内側が指の形に馴染《なじ》んでいった。

一度、達したせいもあって身体に力が入らない。

萎えてしまった欲望に舌を這わせながら、内襞《うちひだ》を試すようにかき混ぜられ――むずりとした焦燥が航をとらえる。

「あ……あっ……」

短いあえぎが漏れたのは、そこが気持ちのいい場所だったからだ。下腹がゆるりとうねり、柔らかかった欲望に芯が生まれた。さっき達したばかりなのに、また硬くなる。

そして藤堂は、航のその感じてしまう箇所を覚え込み執拗に嬲った。乳首をいじりまわしたのと同じに、何度も何度もそこばかりくり返して触れる。どんなふうに触ればいいのかをたしかめ、軽く引っかく。

気が変になりそうなくらい、気持ちがよかった。

「……あ。そこ触っちゃ、だめ」

ぐっと指で押された内側から、得も言われぬ感覚がこみ上げてくる。どこか遠いところにさらわれるような――見たことのないなにかが押し寄せてくるような――。

唇を嚙みしめやり過ごそうとすればするだけ、内襞を捲る指の動きを意識して、翻弄《ほんろう》される。差し入れる指の本数が増え、チリッとした痛みが快感に交じる。苦痛と圧迫感で強《こわ》ばった航の肌を、藤堂の舌や唇が慰撫するようにあやす。皮膚の表面も、裏側も、なにもかもを撫でまわされているみたいで、目眩《めまい》がした。

屹立した欲望の先端からじゅくりと溢れた蜜と唾液が、茎や後孔を濡らしていく。

「……また……いっちゃう。指とかじゃなく、藤堂さんので……してよ」

航は必死で呼吸を整え、自分の後ろをいたぶることに熱心な男の髪に指をからめ、軽く引っ張り、懇願した。

「指じゃ、やだ」

「……おまえ、またそういうこと」

「してよ。こんな恥ずかしい格好させたんだから、ちゃんと最後まで触って。僕だって……藤堂さんのこと気持ちよくしたい。だから……入れて」

感じすぎて舌足らずな言い方になった。たどたどしく訴えると、藤堂が後ろから指を引き抜く。

「ふ……ぁ」

追いかけるように揺れた腰にさっと頬を染めると、藤堂が航の膝をさらに深く折り曲げ、上にのしかかってきた。

航の頬に触れ、親指の先で、知らないあいだに零れていた涙を拭う。

その手をさっとおろし、きゅっと航の欲望を一回扱いた。

「ん、ふぅ……」

ピクッと下腹が震える。感じて、力が抜けたタイミングで藤堂の楔《くさび》が後孔に入ってくる。

内側が引き攣れるように痛い。内臓がせり上がってくるようなきつさに、快感とは別の涙が滲んだ。

「痛いか？」

腰を持ち上げるように支え、顔を覗き込んで藤堂が尋ねる。心配そうに眉根を寄せた藤堂に、航は首を横に振って応えた。

「……うん。でも……大丈夫」

痛いと言えば、藤堂はやめてしまう気がする。強引なところはあるけれど藤堂は本質的に優しい。でも航が「やめて欲しくない」のだ。

「やめないで……ね」

と念を押すと、藤堂が困ったように笑った。航の頭をぽわぽわと撫で、頬に手のひらで触れる。

「やめらんないよ。だからもうちょっと力抜いて」

前を扱いてささやかれ、ふぅっと息を吐く。少しずつじりじりと進んでいく楔の、一番太いところを飲み込んで——。

痛みで呼吸が止まった。おままごとめいたやり取りが、いきなり、ちゃんとした大人のセックスになった。怖いと感じる。苦痛がぐっとせり上がってきて、内側に溜《た》まる。

強ばった航の身体を藤堂がかき抱いた。

そのままじっと動きを止めていた。髪を撫で、脇腹や、乳首や、屹立を撫でながら、楔をなかに入れたまま航の呼吸が整うのをじっと待っている。

藤堂の指が航の胸の粒を摘んだ。チリッ……とした痛みと、そして——。

「あ……あっ、あ」

内奥がうねる。

外と内が連動し、痛みをすり抜けて、たまらない快感の波が航をさらっていった。突然だった。がくがくと身体が震え、喉が鳴る。

「や……なんか……きちゃう」

藤堂は航の反応に、胸や性器への愛撫をしながらゆっくりと抽挿をはじめた。指で何度も刺激された内側の甘やかな箇所を藤堂の楔で擦られ、嬌声《きょうせい》が漏れる。

「……あ……ん、んん」

抽挿のリズムに合わせ、藤堂が航の性器を擦る。出し入れされる楔が、航の内側から悦楽の波を引きずりだす。からまっていた糸からするっと一本の糸に解きほぐし、抜いていくかのようだった。それまであった痛みや恐怖が全部、ただひたすら「気持ちがいい」というそこに向かって、解かれていく。

内側から甘く苛《さいな》まれ、航はどうしようもなくなって藤堂にしがみついた。

「や……も……」

子どもの遊びの延長なんかじゃなかった。だってこんなに苦しくて、愛おしい。内側も外側も好きにされて、蹂躙されているのが心地よくて。もっといっぱいしてもらいたくて、身体が淫《みだ》らにうねる。

内側がしどけなくやわらいで、藤堂の楔を受け入れていくのがわかる。

「ん………んっ」

捲られた内襞が擦れ、捻《ね》じれ、藤堂の屹立にからみつく。太くて長いそれが、航のなかにあ

る快感の質を変えていく。穿《うが》たれて抉《えぐ》られる悦《よろこ》びに、知らず、航はすすり泣いていた。

うっすらと目を開き、ゆがむ視界に映る男を見つめる。くっと唇を引き結び、なにかを堪《こら》えているように眉根を寄せた藤堂の端整な顔。零れる嬌声に、口がからからに渇いて、うっすらと唇を開けたら、恵むようにして藤堂が唇を重ねた。

好きな人の唾液は、いやらしくて甘い。こくりと飲み干すと、くちづけが深くなっていく。全身が藤堂でいっぱいになっている。

律動が速くなるにつれて航の全身も小刻みに震えた。

擦られる箇所は外も内もたまらなく感じている。

「あ……っ」

ふわっと腰が浮き上がり、跳ねる。灼《や》き切れるような快感で頭のなかが真っ白になる。閉じたまぶたの奥でチカチカと光が瞬いた。

航が藤堂の胸や下腹を精で濡らしたそのあとで――藤堂もまた航のなかを熱いもので濡らした。

そのあとは――十二時までには送るから、と、そう言いながらずっとべたべた、いちゃいちゃと、じゃれ合う子猫みたいにベッドで時間を過ごした。

「なかで出してごめん」

と謝罪され、風呂場《ふろば》で丁寧にそこを洗われているうちにまた――というハプニングもあり
「藤堂さんエロオヤジみたいだ」と今度こそ本気で航は詰った。

「同じ年なのに。芸能人なのに。藤堂さん想像と違った……」

「年は関係ないし職業も関係ないだろう。どっちかっていうと航がエロいから悪い」

なんてとんでもないことを言い返され、くしゃりと髪を撫でられて。でもその言い方の甘さで、とろりと溶けてしまうのは――好きだからだ。

髪を洗ってもらった挙げ句、座ってろと命じられ、ドライヤーをかけられる。

「もう……死んでもいいくらいいま幸せかも」

ぽろりと零れた言葉は本音だ。

藤堂は次々に違う面を見せてくれる。それがとても幸福だ。遠い存在ではなく、すぐ隣にいる。そういう幸せ。

「死ぬな。やっと航を見つけたんだからな。双子の、俺が好きになって、ひとめ惚れしたほうの小鳥遊航に会ったばかりなのに。そんなこと言うなよ」

きゅっと背後から抱きしめてささやかれ、頬が火照る。

「言わないけど」

「いま、言った」

ふたりはすでにしてバカップルの道を歩みだしている。

「無茶させたからバイクはつらいだろう。車呼ぶから」

なんていう下世話な親切に赤面したり、実際に歩こうとしても足に力が入らないし、足のあいだに異物感があってつい顔をしかめたり――。藤堂だけじゃなく「恋をする」というのもまた多面体。片思いだけでは知らないことがたくさんあるみたいだった。

※

夏の気配が寄せては返す波みたいにしてゆっくりと消えていった。

風は冷たくなっていったが、藤堂と航のあいだの熱は上昇していく。藤堂の仕事は順調で、大学との両立が難しいというのが目下の悩みらしい。それでも寝る間を惜しんでどうにかやりくりし、さらに隙間を縫って航との時間も作ってくれる。

航はというと――ピンとこなかったこの先について、いろいろと思考を巡らせていた。

まだ具体的な目標はできてはいないけれど、たとえば映画に関わるような仕事ができたらなとあれこれ調べているところだ。作りたいわけでも、俳優になりたいわけでもなく、そんななかで関わるための仕事はなんだろうと考えるところから。ささやかすぎるが、とにかく一歩を踏みだしたところ。

翔の代理でいったバイトも、引き続き、手伝いにいくことになった。翔の大学が忙しくなってきたため、毎日のようにバイトにいくのは無理になったのだ。店長が「もしよければ航くんがやらない？」と持ちかけてきたのに、素直に乗っかった。

その日、航が藤堂と待ち合わせをしたのは『レンタルビデオ　ワンペア』の店先である。

仕事を終えたあとに寄るから店で待っててと言われ、てくてくと歩いてやってきた航だった。

「兄ちゃん、また藤堂んちで映画見るの？　ちゃんと十二時までに帰ってくるんだよ。外泊は許さないからね」

黒いエプロンを身につけた翔が、ひとさし指を顎にあてて首を傾げて言う。

翔は相変わらずのブラコンである。それは航も同じだ。

「過保護な弟だこと」

店長が傍らで茶々を入れる。

「うるさいな。兄ちゃんが今日中に帰ってこないなんてことになったら、あんたが俺になにするかわかんないから、俺の保護のためでもあるんだよっ」

「なにするかは、わかってんだろ」

店長がニッと笑うと、翔が眉をつり上げて赤面してそっぽを向いた。

「うるさい。死ねっ」

ぷんぷんと怒って足早に去っていく翔を店長が笑って追いかける。

ふたりはとても仲が良く――喧嘩《けんか》するほどなんとやらというのを体現したカップルだった。

――でも幸せそうで、いいな。

かけがえのない存在の双子の弟が幸福そうで、航も嬉しい。

自動ドアが開く。

つい「いらっしゃいませ」と声を出したら――。

「今日、バイトじゃないんだよな？」

現れたのは藤堂で、怪訝そうにして近づいてきてそう言った。

「間違った」

客として来ているのに、バイトのときと同じに声を出してしまった。

藤堂が、笑って航の頭をくしゃっとかき混ぜる。

「あーっ。ちょっと目を離すとすぐこれだから。俺の見てる前では兄ちゃんに触るなって言っただろ。なんか腹立つから」

店長に怒っていた翔がばたばたと戻ってきて、今度は藤堂に向かって噛みついている。

「なんで小鳥遊にそんなこと指図されなきゃならないんだよ」

藤堂が不機嫌に眉を上げた。

「弟だからだよ。ね、兄ちゃん？　それに、藤堂、そろそろブレイク寸前みたいに言われてるから。身辺気をつけろって。うちの兄ちゃんがおまえがらみで写真週刊誌デビューなんて嫌だからな。人目あるの考えて。あんま、べたべたすんなっ」

むすっと応じる翔は、本当にできた弟だった。みんなのことを考えた末、まわりを叱っているなんて。あえて憎まれ役になっている。

「……翔。翔は本当にいい子だなあ」

「兄ちゃん。兄ちゃんにそう言われると、俺、すっごい嬉しい」

見つめ合う翔と航に、店長と藤堂が「あーあ」という目配せをした。

「双子の世界作ってないで。ほら、いくぞ」

藤堂が航の手を握って引っ張る。店長も翔の肩をトントンと指先で叩《たた》く。

「なんだよ。双子の世界って」

口を尖らせた翔に「ふたりの世界のもじりみたいなもんなのかな」と、店長が苦笑していた。

「航くん。今日のおすすめ、レジ横に置いてあるよ」

言われて、航と藤堂は、レジ横の台にあるパッケージから、真剣に今日鑑賞するものを吟味する。ああだこうだと「見たい」「見たことない」「これ好き」「苦手」と話し合う、この瞬間も楽しくて――。

小鳥遊航は片思いのベテランだった。

過去形だ。ここにきてやっと、過去になった。
そのベテランの座を返上し、やっと両想いというポジションについた。藤堂についても、自分自身についても、まだまだ不明なことばかり。この先、喧嘩をしたり、嫉妬《しっと》したり、不安になったりもするんだろう。
そのすべてを、知っていけたらいいなと思う。甘いだけじゃない恋愛を知りたい。できるものならずっと藤堂の横で笑っていられたらなと思う。そう思える相手に知り合えて
――「好きだよ」と言える、それがなによりの奇跡みたいな――幸福だった。

あとがき

こんにちは。佐々木禎子です。

今回はひたすら「可愛い」お話です。

なんていうか初心を思いだして……といいますか。

私がBLというジャンルを読みはじめたばかりの頃の、男同士のひとめ惚れやらイチャイチャやら誤解、そして恋の成就に至るまでの物語を「可愛いなあ」とか「恋愛っていいよね」とか「ほわっとするなー」ってむしゃむしゃ食べて（読んで）いたときの感覚を思いだしつつ書きました。

私は周期的に、苦しいことや痛いことをフィクションで読みたくなくなる時期に突入します。だいたいリアルライフで現実の壁に頭突きしてタンコブできてるときなんですが、このお話を書いている最中も「二次元いいなあ。現実つれーわ」って感じに現実逃避して脳内がふわっふわしてました。

現実に「甘い」ときと「苦い」ときがあるのと同じく、フィクションも「甘い」ものもあれば「苦い」ものもある。このお話は「甘い」ほうです。

というわけで、眉間にも脳にもしわ寄せたくないときに、スナック菓子とか甘いクッキーや飴みたいな感じで読んでいただけたらなと思っています。

ブラコンの双子ちゃんたちが「きゃっきゃうふふ」して、双子兄さんがかっこいい攻めと恋に落ちるというある種の王道でございます。大学生たちのお話です。

双子同士ではくっつかないので、そこはすみませんっ。

もとから「ぴよぴよちゃん」的な、トロ可愛い子がエロ可愛いに変化していくのが好きで、そのあたり書けてたらいいなと思うんですが。

しかしエロ可愛いは難しいですね。

トロいのにイラッとするけど、そのトロさに「ああ、もうどうしようもねーな。世話してやんよっ。ちくしょう可愛い」って思うようなキャラにしたかったんですが……。

精進します。

今回の彼らは大学生ですが、学生さんたちのラブ模様って好きなので、大学生からさらに年を下げ、高校生ものブームがまた来たらいいなと個人的には願っております。


ところで作中に出てきた小劇団は私が作った架空のものですが、実は私の去年のブームのひとつが小劇団鑑賞でした。お気に入りの劇団もあります。去年後半はあまりにもせわしなく過ぎていき鑑賞の時間をとることがかなわない状況だったので、今年はいろいろ見にいきたいです。

今回もたくさんの方たちにお世話になりました。

イラストの小椋ムクさま。ご一緒できて嬉しかったです。キャララフが可愛らしくて眼福でした。本当にありがとうございました。

担当編集者さま。「ふわっふわ」な状況の私の脳におつきあいくださり、ありがとうございます。

そしてこの本をお買い上げくださいました皆様に感謝を。

どうもありがとうございます。

またどこかでお会いできましたら嬉しいです。

初出一覧

ナイショのシンメトリ　/書き下ろし

B♥PRINCE
http://b-prince.com

B-PRINCE文庫をお買い上げいただきありがとうございます。
先生へのファンレターはこちらにお送りください。

〒102-8584
東京都千代田区富士見1-8-19
株式会社KADOKAWA　アスキー･メディアワークス
B-PRINCE文庫　編集部

ナイショのシンメトリ

発行　2014年4月7日　初版発行

著者｜佐々木禎子
©2014 Teiko Sasaki

発行者｜塚田正晃

プロデュース｜アスキー・メディアワークス
〒102-8584　東京都千代田区富士見1-8-19
☎03-5216-8377（編集）

発行｜株式会社KADOKAWA
〒102-8177　東京都千代田区富士見2-13-3
☎03-3238-8521（営業）

印刷｜株式会社暁印刷

製本｜株式会社ビルディング・ブックセンター

小社ホームページ　http://www.kadokawa.co.jp/

Printed in Japan
ISBN978-4-04-866417-2 C0193